EXPOSITION

Organisée sous le Patronage de la Ville de Paris

AU PROFIT

DES

ŒUVRES DE GUERRE

DE LA

Société des Artistes Français

ET DE LA

Société Nationale des Beaux-Arts

AU PETIT PALAIS DES CHAMPS-ÉLYSÉES

MAI-JUIN 1918

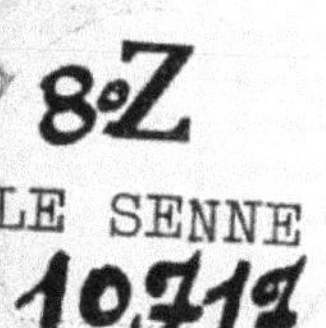

Imprimerie Veuves JOURDAN, 36-38, rue de la Goutte-d'Or. — Paris.

PALAIS DES BEAUX-ARTS DE LA VILLE DE PARIS

(Petit Palais des Champs-Élysées)

AVENUE ALEXANDRE III

EXPOSITION

Organisée sous le Patronage de la

VILLE DE PARIS

Au profit des Œuvres de Guerre

de la

SOCIÉTÉ DES ARTISTES FRANÇAIS

et de la

SOCIÉTÉ NATIONALE DES BEAUX-ARTS

1er MAI — 30 JUIN 1918

AVIS

L'Exposition sera ouverte tous les jours de 9 heures du matin à 5 heures de l'après-midi.

Le droit d'entrée est fixé à **1 franc**. Toutefois, les dimanches, de midi à 5 heures, ce droit ne sera que de **50 centimes**.

Des cartes d'entrée, rigoureusement personnelles, seront mises à la disposition des artistes exposants.

Toute carte prêtée sera confisquée.

Le **Vernissage** aura lieu le mardi 30 avril, au profit de la **Fraternité des Artistes**. Le droit d'entrée sera de **5 francs** par personne.

EXTRAIT

DU

RÈGLEMENT

La Ville de Paris déclare n'assumer aucune responsabilité en ce qui concerne les œuvres exposées, tant au point de vue de l'incendie, de la perte, du vol, de la détérioration, que des risques de guerre ou autres, de quelque nature qu'ils soient.

En conséquence, les œuvres exposées demeureront aux risques et périls de l'Artiste qui devra, si bon lui semble, contracter une assurance personnelle contre leur destruction, détérioration, vol ou perte, chaque exposant restant seul responsable des risques et des accidents. La Commission des Artistes organisateurs de l'Exposition fait les mêmes réserves que la Ville de Paris, elle décline également toute responsabilité en ce qui concerne les erreurs ou omissions qui pourraient être commises au catalogue.

Tout Artiste déposant une œuvre destinée à l'Exposition en assumera formellement la responsabilité et déclarera se soumettre aux prescriptions du présent règlement.

Règlement de l'Exposition

AUX EXPOSANTS

DE LA

SOCIÉTÉ DES ARTISTES FRANÇAIS

I. — L'Exposition organisée sous le patronage de la Ville de Paris au profit des œuvres de guerre de la Société des Artistes français et de la Société Nationale des Beaux-Arts, aura lieu au Petit-Palais, du 1er mai au 30 juin 1918.

II. — L'Exposition n'est ouverte qu'aux productions des artistes de nationalité française (1).

Seront admises les œuvres des genres ci-après désignés :

1° Peintures, dessins, aquarelles, pastels, miniatures, émaux ;

2° Sculpture, gravures en médailles et gravures sur pierres fines ;

3° Architecture ;

4° Gravure et lithographie.

---

(1) A la demande de la Ville de Paris quelques artistes de nations alliées ont été autorisés à exposer.

Les artistes décorateurs pourront prendre part à l'exposition sur invitation.

III. — Ne pourront être présentés :

Les copies, même celles qui reproduiraient un ouvrage par un procédé différent (cette disposition n'est pas applicable à la gravure et à la lithographie, elle ne l'est pas non plus à la gravure en médailles ou sur pierres fines).

N'est pas, du reste, considérée comme copie la répétition d'une œuvre faite par l'auteur de cette œuvre, au moyen d'un procédé différent, ni l'agrandissement d'un petit modèle;

Les ouvrages qui ont figuré aux Salons précédents de Paris, ou aux Expositions Universelles de Paris;

Les tableaux sans cadre;

Les ouvrages d'un artiste décédé, à moins que le décès soit postérieur à l'ouverture des hostilités, auquel cas ils ne peuvent être présentés que par la famille de l'artiste décédé;

Les ouvrages non signés;

Les sculptures en terre non cuite et les réductions d'ouvrages de sculpture déjà exposés en même matière, ainsi que les plâtres dont les bronzes ou le marbre auront déjà été exposés;

Les ouvrages de sculpture encore dans le moule ou non dépouillés.

IV. — Les ouvrages devront être déposés au Petit-Palais des Champs-Élysées (porte principale, avenue Alexandre-III) de *10 heures à 4 heures*, aux dates indiquées ci-après :

1° Les dessins, pastels aquarelles, miniatures, émaux, les 15 et 16 mars;

2° Les ouvrages de peinture, les 18, 19 et 20 mars;

3° Les ouvrages de sculpture, gravure sur médailles et gravure sur pierres fines, du 15 au 25 mars;

4° Les ouvrages d'architecture, les 22 et 23 mars;

5° Les gravures et lithographies, les 25 et 26 mars.

Aucun tableau ne pourra avoir plus de 2m50 de largeur, cadre compris.

Les marbres et bronzes de grande dimension (c'est-àdire au moins grandeur nature) pourront être reçus sur notice et photographie, en raison de la difficulté de manutention.

V. — L'artiste en déposant ses œuvres devra en même temps remettre une notice signée de lui, contenant ses nom et prénoms, le lieu et la date de sa naissance, son adresse, le sujet et les dimensions de ses ouvrages.

Il devra verser pour chaque œuvre déposée un droit de présentation et de manutention de 10 francs. Ce droit restera acquis au fonds d'organisation de l'Exposition quelle que soit la décision des Commissions d'admission. il sera réduit à 5 francs pour les miniatures, les gravures sur médailles et sur pierres fines, les ouvrages de gravure et de lithographie. L'artiste, dont les œuvres seront admises à figurer à l'Exposition, devra en outre acquitter un droit d'accrochage et de mise en place de 10 francs par œuvre exposée. Ce droit sera également réduit à 5 francs pour les ouvrages précités.

Par dérogation spéciale, les artistes mobilisés au front seront exempts du paiement de tous droits.

VI. — La Ville de Paris déclare n'assumer aucune responsabilité en ce qui concerne les œuvres exposées, tant au point de vue de l'incendie, de la perte, du vol, de la détérioration, des risques de guerre ou autres, de quelque nature qu'ils soient.

En conséquence, les œuvres déposées à l'Exposition demeureront aux risques et périls de l'artiste qui devra, si bon lui semble, contracter une assurance personnelle contre leur destruction, détérioration ou perte, chaque exposant restant seul responsable des risques et des accidents. La Commission des artistes organisateurs de l'Exposition fait les mêmes réserves que la Ville de Paris, elle décline également toute responsabilité en ce qui concerne les erreurs ou omissions qui pourraient être commises au Catalogue.

Tout artiste déposant une œuvre destinée à l'Exposition en assumera formellement la responsabilité et déclarera se soumettre aux prescriptions du présent Règlement.

VII. — Les ouvrages non admis à l'Exposition devront être retirés dans le délai de cinq jours après l'avis qui informera l'intéressé de la décision de la Commission.

Les ouvrages admis à l'Exposition devront être retirés d'urgence, à la clôture de l'Exposition, du 1er au 10 juillet, délai de rigueur. Ils seront rendus aux artistes sur la remise du certificat de dépôt qui en aura été donné.

Après le délai précité, les ouvrages cesseront d'être sous la surveillance de l'Administration de l'Exposition et seront tranférés dans un dépôt aux frais et à la charge de l'artiste à qui l'ouvrage appartiendra.

VIII. — L'admission des ouvrages présentés à l'Exposition sera prononcée par un Jury constitué dans chaque section par la Commission d'organisation.

Tous les ouvrages sans exception seront soumis à ce Jury.

En raison de l'exiguïté des locaux, le nombre des œuvres qui pourront figurer à l'Exposition est fixé approximativement ainsi qu'il suit :

400 peintures ;

100 dessins, pastels, aquarelles et miniatures ;

200 sculptures, gravures sur médailles ou sur pierres fines ;

50 ouvrages d'architecture ;

100 gravures et lithographies.

IX. — Le nombre des ouvrages que chaque artiste pourra présenter n'est pas limité.

Fait à Paris, le 22 Février 1918.

Le Président de la Commission :

Membre de l'Institut,

J.-P. LAURENS.

AUX ARTISTES DE LA SOCIÉTÉ NATIONALE DES BEAUX-ARTS

Une Exposition des Beaux-Arts aura lieu du 1er Mai au 30 Juin dans le Petit Palais gracieusement offert par la Ville de Paris aux Sociétés Artistiques qui organisaient autrefois les Salons du Printemps.

Cette Exposition qui n'a rien de commun avec les anciens Salons a pour but de venir en aide par ses bénéfices aux œuvres de guerre organisées par les Artistes.

" La Société Nationale " en dehors de sa participation à " La Fraternité des Artistes " a trois œuvres de guerre à sa charge :

1° La Cantine Puvis de Chavannes ;
2° La Caisse de Secours ;
3° La Caisse du Retour et du Souvenir

Elle devait accepter avec reconnaissance l'offre de la Ville de Paris.

Cette Exposition organisée dans un espace fatalement très restreint exige de chaque Artiste, quel qu'il soit, un petit sacrifice de sa personnalité. Quel qu'il soit, il n'aura droit qu'à une œuvre.

Mais tous doivent faire leur possible pour que l'Exposition soit belle, puisque son succès doit soulager le malheur.

Pour arriver à ce résultat sans froisser aucun intérêt, le Comité n'a trouvé rien de plus équitable que de partager l'espace réservé à notre Société en trois parts égales :

Une aux Sociétaires;
Une aux Associés;
Une aux simples exposants à l'un des deux derniers Salons. (Années 1913 et 1914).

Les Sociétaires exposants seront désignés par un referendum auquel prendront part tous les Sociétaires

Il en sera de même pour les Associés qui feront entr'eux un referendum semblable.

Quant aux simples Exposants, chacun d'eux, en déposant son œuvre remettra une enveloppe fermée et signée par lui contenant une liste de neuf noms d'Artistes de "la Nationale" devant former un Jury qui opérera dans toutes les Sections.

Le referendum des Sociétaires aussi bien que celui des Associés s'effectuera par Section. Une lettre sera adressée par chacun d'eux au Secrétaire Général de la Société, Grand Palais, porte C, avant le Vendredi, 8 Mars, dans une enveloppe signée lisiblement par l'expéditeur.

Chaque votant suivant sa section désignera :

Soit 30 Peintres;
» 15 Sculpteurs et Graveurs en Médaille,
» 8 Graveurs;
» 12 Architectes;
» 10 Artistes décorateurs.

Les envois des Sociétaires et Associés désignés comme exposants par le referendum devront parvenir au Petit

Palais dans la journée de Mercredi, 10 Avril, de 9 h. à midi et de 1 h. 1/2 à 6 heures.

Les envois des simples Exposants devront arriver le Mardi, 2 Avril, de 9 h. à midi et de 1 h. 1/2 à 6 heures.

Les œuvres non acceptées seront retirées dans les 48 heures qui suivront la lettre d'avis.

Afin de réserver aux recettes leur destination charitable, un droit de manutention de 10 fr. sera perçu; un autre droit de 10 fr. sera demandé pour l'accrochage des œuvres exposées. La dimension des tableaux ne pourra excéder 1 m. 50 cent., cadre compris.

Les combattants, les blessés et les Artistes tombés au Champ d'honneur exposent de droit une œuvre sans aucun frais.

Trois expositions exceptionnelles seront faites, de Carolus Duran et de Degas, Présidents d'honneur; et de Rodin, Président de la Section de Sculpture.

NOTA. — Les questions d'assurance quelles qu'elles soient sont à la charge des exposants qui, l'Exposition finie, devront retirer leur œuvre avant le 10 Juillet, contre a remise du certificat de dépôt qui leur aura été donné.

EXPOSITIONS EXCEPTIONNELLES

Hommage de la "Nationale"

A QUATRE DE SES PRÉSIDENTS DÉCÉDÉS

CAROLUS-DURAN (1837-1917).

1 — Portrait de Mme Croizette.
2 — Portrait d'Albert Wolff.
3 — Portrait de dame *(esquisse)* 1871.
4 — Portrait de dame *(esquisse)* 1871.
5 — Tête d'étude *(femme brune)*.
6 — Portrait du peintre MORENO
7 — Esquisse Rubens.

DEGAS (1834-1917).

8 — Portrait de famille.
9 — Mlle Fiocre dans le ballet de la Source.
10 — Les malheurs de la Ville d'Orléans.
11 — Répétition de musique.

PUVIS DE CHAVANNES (1826-1898).

12 — Ravitaillement de Paris par Sainte-Geneviève, *(frise pour le Panthéon)*.

RODIN (1840-1917).

13 — Buste du Pape Benoit XV (1915), *bronze*.
14 — Buste de M. E. Clémentel, Ministre du Commerce (1916) *bronze*.
15 — Buste de Mme Auguste Rodin (1875) *bronze*.

EXPLICATION

DES OUVRAGES DE

PEINTURE, SCULPTURE, ARCHITECTURE,
GRAVURE, LITHOGRAPHIE ET ART APPLIQUÉ

EXPOSÉS AU PETIT PALAIS DES CHAMPS-ÉLYSÉES

DU 1er MAI AU 30 JUIN 1918

PEINTURE

Abel-Truchet, rue Caroline, 4. **S. N. B. A.**
1 — Petit canal (Venise).

Achener (Maurice), avenue de Villars.
2 — Le Val de Grâce. **S. N. B. A.**

Adan (Louis-Émile), rue de Courcelles, 75.
3 — Promenade matinale. **S. A. F.**
4 — Fin de saison.

Adler (Jules), boulevard des Batignolles, 2.
5 — « Août 1914 ». **S. A. F.**
6 — Un pêcheur.

Agard (Charles), à Nesles-la-Vallée (Seine-et-Oise). **S. N. B. A.**
7 — Le bain des Enfants.

Aimé-Perret, à Bois-le-Roi (Seine-et-Marne).
8 — Sainte-Geneviève. **S. N. B. A.**

Alaux (Gustave), rue Caulaincourt, 69.
9 — La lecture. **S. A. F.**

Alizard (Paul), boulevard Montparnasse, 108.

10 — La dernière lettre. **S. A. F.**

11 — Dort-il ? — intérieur normand.

Alleaume (Ludovic), boulevard Saint-Germain, 80. **S. A. F.**

12 — « Indiscrétion ».

Allègre (Raymond), place Boïeldieu, 1.

13 — Venise, au temps passé. **S. A. F.**

Allouard (Edmond), rue Tournefort, 24.

14 — Fleurs dans un parc. **S. A. F.**

Aman-Jean (Edmond), rue Denfert-Rochereau, 37. **S. N. B. A.**

15 — La Balladine.

16 — Portrait de Mgr Péchenard.

(Appartient à l'État.)

Amen (Mme Jeanne), rue Pelouze, 5.

17 — Roses mourantes. **S. A. F.**

Anquetin (Louis), rue des Vignes, 62.

18 — L'Enfant au Drapeau. **S. N. B. A.**

Antoni (Louis-Ferdinand), à Alger, boulevard Bon Accueil, 12. **S. N. B. A.**

19 — Après l'ouragan !

Arus (Raoul), rue Fontaine, 42. **S. A. F.**

20 — L'Yser (14 décembre 1914).

Aubé (Mlle Marcelle), rue Erlanger.

21 — Portrait de ma mère. **S. B. N. A.**

Aubert (Joseph-Jean-Félix), rue Chalgrin, 4. **S. A. F.**

22 — Portrait de l'abbé Wetterlé, ancien député d'Alsace-Lorraine, au Reichstag.

Aubert (Jean-Émile), rue du Rocher, 33.
23 — Étude de nu. **S. A. F.**

Aublet (Albert), à Neuilly-sur-Seine, boulevard Bineau 135. **S. N. B. A.**
24 — Au Jardin des Oliviers.

Auburtin (Francis), rue de l'Université, 191.
25 — Scène de danse. **S. N. B. A.**

Avigdor (René), rue Jardin, 5 *bis*.
26 — Jeune femme. **S. A. F.**

Azéma (Louis), rue du Pas-de-la-Mule, 2.
27 — Mort pour la France (1914). **S. A. F**

Bail (Franck-Antoine), quai de Bourbon, 29.
28 — Les dessins. **S. A. F.**

Bail (Joseph), rue Legendre, 22.
29 — Lingerie, (Hospice de Beaune). **S. A. F.**

Balande (Gaston), boulevard Arago, 65.
30 — Au printemps. **S. A. F.**

Ballet (André-Victor), rue de Rome.
31 — Venise. **S. N. B. A.**

Ballot (Mme Clémentine), rue de Monceau, 97.
32 — Gelée blanche (Creuse). **S. N. B. A.**

Ballot (Georges-Henri), rue de l'Abbaye, 13.
33 — Rêverie. **S. N. B. A.**

Barau (Emile), à Neuilly-sur-Seine, boulevard Bineau, 18. **S. N. B. A.**
34 — Neige à Vinemerville (Normandie).

Barbarroux (Paul), à Toulon, rue Dumont d'Urville, 12. **S. N. B. A.**
35 — L'Infini, *paysage*.

Barillot (Léon), rue Demours, 29 *bis*.

36 — Jeune bœuf manceau. **S. A. F.**

37 — La toilette avant le marché.

Baschet (Marcel), membre de l'Institut, quai Voltaire, 17. **S. A. F.**

38 — Portrait de M. Boutroux, de l'Académie française.

Bastien-Lepage (Emile), à Neuilly-sur-Seine, rue de Chézy, 73. **S. N. B. A.**

39 — « Les Malouines », Pornic.

Bataille (Henry), avenue du Bois de Boulogne, 46. **S. A. F.**

40 — Portrait de Mlle Y. de B.

Bauche (Léon), chez Mr Victor Koas, rue de Vaugirard, 313. **S. N. B. A.**

41 — La Grue (quais de la Seine).

Baude (François-Charles), boulevard Arago, 65.

42 — Liseuse (intérieur). **S. A. F.**

Beaumont (Hugues de), avenue de Tourville, 10.

43 — Un jeune poilu interné. **S. N. B. A.**

Beaury-Saurel (Mme Amélie), galerie Montmartre, 27. **S. A. F.**

44 — Portrait du Révérend Père Sertillanges.

Bellan (Henri-Ferdinand), rue d'Armaillé, 18 *bis*. **S. A. F.**

45 — Intérieur hollandais, le jour des Rameaux.

Belle (Mlle Andrée), avenue. de Villiers.

46 La coupe renversée. **S. N. B. A**

Bellemont, (Léon), rue Emile Allez, 5.

47 — Fête à l'orphelinat. **S. A. F.**

Benoit-Lévy (Jules), rue des Batignolles, 9.
48 — Intérieur hollandais. S. A. F.

Béraud (Jean), rue Boccador, 9. S. N. B. A.
49 — « Au cercle », les mauvais jours.

Bergès (Joseph-Paul-Louis), rue de Buci, 10.
50 — Le balcon (Champagne). S. A. F.

Berton (Armand), (décédé). S. N. B. A.
51 — Portrait de Mme Ch. Masson.

Bertram (Abel), Paris, rue Croix-Nivert, 240, et à Nouvion-en-Ponthieu (Somme).
52 — Le linge. S. N. B. A.

Besnard (Albert), à Paris, rue Guillaume-Tell, 17; à Rome, villa Medici-Pincio. S. N. B. A.
53 — Vision d'une petite princesse roumaine entrevue dans un viale de la Villa Medicis, à Rome; — *détrempe*.

Bibikoff (Mlle Massia de), rue Saint-Vincent-de-Paul, 5. S. A. F.
54 — Intérieur d'écurie.

Blocq (Mme Lise), rue Ampère, 16.
55 — Le perroquet dans les pivoines. S. A. F.

Blot (Henri-Robert), rue Nicolo, 60.
56 — Vallée de Bouillon. S. A. F.

Bocquet (Paul), à Fontainebleau. S. N. B. A.
57 — Grès et Hêtres, en automne dans la forêt de Fontainebleau.

Bompard (Maurice), boulevard Péreire, 167. S. A. F.
58 — La petite France (vieux quartiers de Strasbourg).
59 — Vase persan et fleurs.

Bonnat (Léon), membre de l'Institut, rue Bassano, 48. **S. A. F.**

60 — Portrait de Mr Saint-Germier.

61 — Portrait de Mlle Kinen.

62 — Portrait de Mr Saint-René-Taillandier.

Boucart (Gaston-Hippolyte-Ambroise), rue Leneveux, 7. **S. A. F.**

63 — Cathédrale de Reims.

Bouchor (Joseph-Félix), rue du Luxembourg, 40. **S. A. F.**

64 — La Marseillaise salue l'arrivée du général de Pouydraquin (Gérardmer, 10 mai 1916).

Boudier (Raoul), rue Durantin, 52.

65 — Portrait. **S. A. F.**

Boudot-Lamotte (Maurice), rue Olivier-de-Serres, 108. **S. N. B. A.**

66 — Nature morte.

Boulet-Cyprien (Eugène), rue de Grenelle, 151. **S. A. F.**

67 — Portrait du Médecin-Inspecteur-Général Vaillard.

Boyé (Abel), à Levallois-Perret (Seine), villa Chaptal, 25. **S. A. F.**

68 — La relique.

Boyer (Pierre), aux armées, T. M. 308, par B. C. M., Paris. **S. N. B. A.**

69 — Phœbus et Borée.

Bracquemond, rue Louis-David, 1.

70 — Clair de lune à Belle-Isle. **S. N. B. A.**

Braquaval (Louis), à Saint-Valery-sur-Somme et à Paris, chez MM. Chaîne et Simonson, rue Caumartin, 19. **S. N. B. A.**

71 — Marché à Draguignan.

Brin (Emile-Quentin), rue Aumont-Thiéville, 4.

72 — L'offrande à l'amour. **S. N. B. A.**

Brindeau de Jarny (Edouard), à Rennes, quai Lamenais, 1. **S. N. B. A.**

73 — Portrait du général d'Amade.

Broquet-Léon, quai de Bourbon, 21. **S. A. F.**

74 — Batterie du 112e A. L. prenant position pour l'offensive sous Craonne (mars 1917).

Buffet (Amédée), rue Cassette, 22. **S. A. F.**

75 — Port de Cassis.

76 — Pont Marie.

Buffin (Carlos), à Abbeville (Somme), rue de l'Hôtel-Dieu, 30. **S. A. F.**

77 — La place du Guindal, à Abbeville.

Busset (Maurice), rue Racine, 3. **S. N. B. A.**

78 — Combat d'avions au crépuscule (guerre européenne 1916).

Bussière (Gaston), rue Falguière, 5.

79 — Au matin. **S. A. F.**

Cachoud (François-Charles), boulevard des Batignolles, 82. **S. A. F.**

80 — Le Ruisseau (Lune de Novembre).

81 — Ombres et clartés lunaires.

Cadel (Eugène), rue de la Trémoille, 30.

82 — Automne. **S. N. B. A.**

Cadette-Simon (Mme Berthe), rue du Cherche-Midi, 14. **S. N. B. A.**

83 — Intérieur avec personnage.

Caillaud (Alfred), rue Cervantès, 1.

84 — Intérieur d'atelier. **S.N.B.A.**

Cailliot (Roger), rue Chaptal, 9. **S.N.B.A.**

85 — Le cap Brun.

Calbet (Antoine), rue du Cherche-Midi, 102.

86 — L'Enfant au fusil de bois. **S. A. F.**

87 — Parmi les roses.

Calvet (Henri-Bernard), rue du Petit-Musc, 26.

88 — Le Cahier de musique. **S. A. F.**

89 — Nature morte.

Camax-Zœgger (Marie-Anne), rue de la Manutention, 7. **S. N. B. A.**

90 — Bébé aux pommes.

Canet (Marcel), avenue Mozart, 120 *bis*.

91 — L'Étang. **S. A. F.**

Canniccioni (Léon-Charles), rue du Moulin-de-Beurre, 18. **S. A. F.**

92 — Portrait du Général Pollacchi devant Samogneux sur les Hauts de Meuse.

Capgras (Georges), à Fontenay-sous-Bois (Seine), avenue des Charmes, 43 *bis*. **S. A. F.**

93 — Les Fugitifs (clair de lune).

Capron (Georges-François-Charles), avenue Félix-Faure, 29. **S. A. F.**

94 — Ruines d'Arras.

Caputo (U), chez M. L. Lefebvre-Foinet, rue Bréa, 2, **S.A.F.**

95 — Les bijoux.

Cariot (Gustave), à Mandres (Seine-et-Oise), rue de Brie, 34. **S. N. B. A.**

96 — Prairie à Périgny.

Carme (Félix), à Bordeaux, rue du Temps Passé, 32. **S. N. B. A.**

97 — Sur la Console.

Caron (Henry-Paul-Edmond), rue Delambre, 29. **S. A. F**

98 — A mer basse : Les Coureurs de grève.

99 — Une belle rivière de France « La Bresle ».

Carpentier (Marguerite-Jeanne), boulevard Gouvion-Saint-Cyr, 23. **S. N. B. A.**

100 — Sous l'Arche.

Cavé (Jules-Cyrille), rue du Montparnasse, 25.

101 — Jeunesse. **S. A. F.**

Cayron (Jules), boulevard Berthier, 29. **S. A. F.**

102 — Portrait de Mme Berthe Cerny.

Cazin (Michel). décédé. Pour la correspondance Mme Michel Cazin, rue Alboni, 1. **S. N. B. A.**

103 — « Dans les Souvenirs ».

Chabanian (Arsène), avenue des Ternes, 96.

104 — Clair de Lune. **S. N. B. A.**

Chabas (Maurice), à Neuilly-sur-Seine, Villa Sainte-Foy, 3. **S. N. B. A.**

105 — Portrait de Mme G. Chanteaud.

Chabas (Paul), boulevard Berthier, 23. **S. A. F.**

106 — Le Rocher fleuri (panneau décoratif).

107 — Portrait de Mlle Y G ....

Chantron (feu Alexandre-Jacques), à Nantes (Loire-Inférieure), boulevard Delorme, 30.

108 — Jeunesse. **S. A. F.**

Chanzy (Alfred), rue Pajou, 5 *bis*.

109 — Marché au Faouet. **S. N. B. A.**

Chappel (Edward), rue Thimonnier, 7.

110 — Effet nocturne. **S. A. F.**

Chapuy (André), rue Boissonade, 22.

111 — A la Fontaine. **S. N. B. A.**

Charmaison (Raymond), 13, quai d'Anjou.

112 — Jardin japonais. **S. N. B. A.**

Charpin (Albert), à Asnières (Seine), avenue de Courbevoie, 59. **S. A. F.**

113 — Retour des Champs; — première neige.

Charrière (Marcel), rue Rosa-Bonheur, 10.

114 — Souvenir de Dieppe. **S. A. F.**

115 — Souvenir du Hâvre.

Chartier (Henri-Georges-Jacques), rue de la Tombe-Issoire, 83. **S. A. F.**

116 — Loos, 1er Black Wasch (1915).

Chevalier (Ernest-Jean), décédé. Pour la correspondance : Mme Chevalier, à Saint-Germain-en-Laye, rue de Mantes, 40. **S. N. B. A.**

117 — Retour d'Islande.

Chigot (Eugène), rue de Bagneux, 9. **S. A. F.**

118 — Mon Jardin sous la Neige.

119 — Printemps.

Chopard (Gaston-Albert), rue des Trois-Bornes, 35. **S. N. B. A.**

120 — Pommes.

Chrétien (René), rue Hégésippe-Moreau, 15.
121 — Bon vin et marrons rôtis. **S. A. F.**

Clairin (Georges), rue de Rome, 62. **S. A. F.**
122 — La Guerre moderne : — les masques et les gaz asphyxiants.

Clary (Eugène), Petit-Andely-les-Andelys (Eure).
123 — Les Quais à Rouen. **S. N. B. A.**

Collin (feu Raphaël), membre de l'Institut.
124 — La liseuse. **S. A. F.**
(Appartient à Mme Smith-Champion).

Colmaire (Horace), rue Belloni, 7. **S. A. F.**
125 — La Bistouille.

Communal (Joseph-Victor), à Chambéry (Savoie), rue des Écoles, 8. **S. A. F.**
126 — La « Meije ».

Cormon (Fernand), membre de l'Institut, rue de Rome, 159. **S. A. F.**
127 — Le Duc de Berry achète des objets d'art (Bourges), projet d'une tapisserie exécutée aux Gobelins.
128 — La Croisade, la route de Jérusalem.
129 — La Caverne.

Cornillier (Pierre-Émile), rue Guénégaud, 21.
130 — Crépuscule. **S. N. B. A.**

Costeau (Georges), boulevard de la Saussaye, 17 *bis*. **S. N. B. A.**
131 — Soir de Printemps.

Cottet (Charles), rue Cassini, 10.
132 — Cabaret breton. **S. N. B. A.**

Courant (Maurice-François-Auguste), rue Jadin, 5 *bis*. S. N. B. A.

133 — Au pied de la Falaise.

Courtois (Gustave), boulevard Bineau, 133, parc de Neuilly-sur-Seine. S. N. B. A.

134 — Nostalgie.

Couturier (Léon), rue Aumont-Thiéville, 4.

135 — Fusiliers marins. S. N. B. A.

Cresswell (Albert), rue du faubourg Saint-Denis, 155. S. A. F.

136 — Nymphe et Faune (esquisse).

Dabat (Alfred), rue Vercingétorix, 6. S.A.F.

137 — Pays de rêve.

Dagnac-Rivière (Ch.-H.-G.), à Moret-sur-Loing (Seine-et-Marne). S. N. B. A.

138 — Le Barbier (scène de la vie populaire au Maroc).

Dagnan-Bouveret, à Neuilly-sur-Seine, boulevard Bineau, 133. S. NB. A.

139 — A Notre-Dame; — en Bretagne.

(Appartient à M. NICAISE.)

Dagnaux (Albert), rue Saint-Didier, 50.

140 — Lucette. S. N. B. A.

Dannat (M. T.), avenue de Villiers, 45.

141 — Portrait de Mr X. S. N. B. A.

Darien (Henry), boulevard Saint-Michel, 113.

142 — Me voici !... S. A. F.

Dauchez (André), rue Saint-Guillaume, 14.

143 — Pins à la pointe de Combrit. S. N. B. A.

Davids (André), rue de Prony, 97.

144 — Intérieur. S. N. B. A.

Daynes-Grassot-Solin (Mme), chemin des Longues-Raies (Nanterre). **S. N. B. A.**

145 — Comparaison (nu).

Debraux (René), avenue du Chemin de fer, 100, Rueil (Seine-et-Oise). **S. N. B. A.**

146 — L'Orne à Clécy.

Déchenaud (Adolphe), à Neuilly-sur-Seine, rue Ancelle, 6. **S. A. F.**

147 — Portrait de François Sicard.

Delachaux (Léon), à Saint-Amand-Montrond (Cher) et rue Caulaincourt, 43, Paris.

148 — 1914, Le Communiqué. **S. N. B. A.**

Delance (Paul-Louis), rue Bausset, 7. **S. N. B. A.**

149 — Le Quai Long et le Séminaire, à Bruges.

Delaporte (Maurice-Eug.), rue de la Paroisse, 2 Versailles. **S. N. B. A.**

150 — Vallée des Moulins (Finistère).

Delasalle (Mlle Angèle), rue Jean-Baptiste-Dumas, 3. **S. N. B. A.**

151 — Portrait de Mme P.

Delbrouck (Louis), rue Fromentin, 14.

152 — Un coin à Bruges. **S. A. F.**

Delécluse (Auguste), rue Notre-Dame-des-Champs, 84. **S. N. B. A.**

153 — Un portrait.

Delpey (André), rue Adolphe-Yvon, 14.

154 — Au parc de Saint-Cloud. **S. N. B. A.**

Demange (Adolphe), rue Froidevaux, 9.

155 — Mon portrait (étude). **S. A. F.**

Demont (Adrien-Louis), chez Mme Cornet, rue de Constantinople, 37. **S. A. F.**

156 — Rafale de neige.

Demont-Breton (Mme Virginie), chez Mme Cornet, rue de Constantinople, 37. **S. A. F.**

157 — Inquiétude de guerre (Calais, 1917-18).

Denier (Jacques), Hôpital auxiliaire 117, Paris.

158 — Hôpital 117. **S. N. B. A.**

Denis (Maurice), Le Prieuré, à Saint-Germain-en-Laye. **S. N. B. A.**

159 — La Lumière intérieure.

Desbordes-Jouas (Louise), cour de Rohan, 3 *bis*.

160 — Fleurs. **S. N. B. A.**

Desvallières (Georges), rue Saint-Marc, 14.

161 — Éros. **S. N. B. A.**

162 — La vigne. (Appartiennent à M. RUCHÉ.)

Devambez (André), avenue d'Orléans, 19.

163 — Soldats hindous autour du feu. **S. A. F.**

164 — La solitude à Verdun.

Didier-Pouget (William), boulevard de Clichy, 12. **S. A. F.**

165 — Rayons du soir (Pyrénées).

Diéterle (Georges-Pierre), Criquebeuf-en-Caux, par Yport (Seine-Inférieure). **S. A. F.**

166 — Un camp anglais en France.

Doigneau (Edouard), boulevard Berthier, 67.

167 — Le ravitaillement en hiver. **S. A. F.**

Doin (Gaston), rue Ampère, 87. **S. N. B. A.**

168 — La Tricoteuse.

Dubois (Paul-Elie), boulevard Bessières, 23.
169 — La robe verte. **S A. F.**
170 — Paysage de guerre.

Dubosq, Albert, villa la Rocca, Paramé.
171 — Le Cloître. **S N B. A.**

Dufour (Jean-Jules), rue Saint-Louis-en-l'Isle, 10.
172 — Type de prisonnier russe de 1914 (vétéran sibérien). **S A F.**

Dujardin-Beaumetz (Mlle Rose), rue Pergolèse, 12 *bis*. **S. N. B. A.**
173 — La Mare.

Dumas (Ludovic), boulevard Barbès, 74
174 — Portrait. **S A F**

Dumas (Hector), boulevard Raspail, 240.
175 — A Pont-Aven. **S N B. A.**

Dumont (Henri-Julien), boulevard de Clichy, 71.
176 — Un géranium. **S. N. B. A.**

Dumoulin (Louis), rue N.-D.-de-Lorette, 58. **S. N. B. A.**
177 — Enterrement d'un soldat au village.

Dupuy (Paul-Michel), rue Laugier, 44.
178 — Portrait de Mme M. C.... **S. A. F.**
179 — Le pont vieux (Biarritz).

Duval (Constant-Léon), à Levallois-Perret (Seine), villa Chaptal, 19. **S. A. F.**
180 — Le Quai des Ménétriers à Bruges.

Eliot (Maurice), boulevard de Clichy, 37.
S. N. B. A.

181 — La Femme (guerre de 1914-1918).

Engel (José), rue Ménilmontant, 105.

182 — Moulin-sous-Touvent. **S. N. B. A.**

Espouy (Jean d'), rue de Fleurus, 1.

183 — Etudes du front. **S. A. F**

Estienne (Henry d'), avenue Daumesnil, 48.

184 — Jeune fille de l'île d'Ouessant. **S. A. F.**

Etcheverry (Hubert-Denis), rue du Faubourg-Saint-Honoré, 170. **S. A. F.**

185 — Portrait de Mr H. Lacroisade.

186 — Jeune femme au polo écossais.

Fath (René-Maurice), à Maisons-Laffitte (Seine-et-Oise), rue du Mesnil, 49. **S. A. F.**

187 — La Mare sous bois.

Faivre (Abel). **S. N. B. A.**

188 — Femme à la rose.

Faugeron (Adolphe), boulevard St-Jacques, 31.

189 — Intérieur. **S. A. F.**

Félix (Léon-Pierre), boulevard Péreire, 88.

190 — Sous les frais ombrages (étude). **S. A. F.**

Feuillas-Creusy (Mme Caroline), boulevard Bonne-Nouvelle, 26. **S. A. F.**

191 — Portrait de maman Didine.

Firmin-Girard (Marie-François), boulevard de Clichy, 7. **S. A. F.**

192 — Tissage sur impression; — intérieur Charolais.

Flameng (François), membre de l'Institut, rue Ampère, 61. **S. A. F.**

193 — « Le Sauveur ».

« Avec son sang, par son martyre et son héroïsme, le poilu, nouveau rédempteur, aura racheté et sauvé l'humanité pour la deuxième fois. »

194 — Bataille du 25 septembre 1915 (Champagne).

Prise de la première tranchée allemande devant Perthes (9 heures 1/2 du matin).

195 — Portrait de Mme D...

Flandrin (Jules), rue Denfert-Rochereau, 40.

196 — Les bergers d'Armide (Louise Mante et Sandrini). **S. N. B. A.**

Fleury (Mlle Madeleine), Dinard (Ille-et-Vilaine). Villa « La Perle ». **S. N. B. A.**

197 — Mont-Saint-Michel.

Fontaines (André des), boulevard de Port-Royal, 47. **S. A. F.**

198 — La Vallée.

Forain (Jean-Louis), rue Spontini, 30 *bis*. **S. N. B. A.**

199 — Dans le Nord ; — prisonniers civils.

Foreau (Henri), rue Lauriston, 5. **S. A. F.**

200 — Parc du Château de Versailles.

Foucault (Mlle Hélène-Marie-Louise-Pauline), rue des Ursulines, 5. **S. A. F.**

201 — La pointe de Leïdé en Bretagne.

Fournier (Edmond-Charles), rue Casimir-Périer, 21. **S. A. F.**

202 — Une rue à Stamboul.

Fournier des Corats (Mme), boulevard Montparnasse, 83. **S. N. B. A.**
203 — Au Jardin.

Friant (Emile), boulevard de Clichy, 11.
204 — Nos Poilus. **S. N. B. A.**

Gagliardini (Gustave), boulevard de Clichy, 12.
205 — Douceur du matin; — Provence. **S. A. F.**
206 — Village de pêcheurs; — Provence.

Galle (Pierre), rue François-Guibert, 14.
207 — Prisonnier boche. **S. A. F.**

Galtier-Boissière (Mme Louise), rue Vaneau, 29.
208 — Les coloquintes. **S. N. B. A.**

Garnot (G. Sainte-Fare), rue Aumont-Thiéville, 2. **S. N. B. A.**
209 — Le barrage de l'Arno, à Florence.

Gay (Walter), rue de l'Université, 11.
210 — Intérieur. **S. N. B. A.**

Gélibert (feu Jules-Bertrand), à Cap-Breton (Landes), villa Saint-Hubert. **S. A. F.**
211 — Meute au repos (lendemain de chasse).

Geoffroy (Jean, dit Géo), rue des Lilas, 7.
212 — A la petite école; — la rentrée. **S. A. F.**

Georget (Henri). (Mort au champ d'Honneur, à Vauquois, le 5 mars 1915). **S. N. B. A.**
213 — Sur l'eau.

Gervex (Henri), rue Roussel. **S. N. B. A.**
214 — Lecture aux soldats aveugles.

Gervex-Emery (Mme Madeleine), rue Poncelet, 27. **S. N. B. A.**
215 — La petite aux poupées.

Gillot (E.-Louis), rue Théophile-Gautier, 15.
216 — La tranchée Joffre à Saint-Hillaire-le-Grand (Champagne). **S. N. B. A.**

Giran-Max (Léon), rue Coustou, 6.
217 — Toréadors. **S. N. B. A**

Girardot (Louis-Auguste), rue d'Assas, 68.
218 — Mauresque. **S. N. B. A.**

Gorguet (Auguste-François), rue de la Tombe-Issoire, 83. **S. A. F.**
219 — La fontaine de Tanagra.
220 — Matin d'automne; — souvenir de San Gimignano (Italie).

Gosselin (Albert), boulevard Pereire, 203.
221 — Lever de lune (Bretagne). **S. A. F.**

Gounod (Jean), rue Hégésippe-Moreau, 15.
222 — Portrait de Mr C. G. **S. N. B. A.**

Gourdault (feu Pierre), boulevard Arago, 65. (Mort pour la France). **S. A. F.**
223 — Déjeuner sur l'herbe.
224 — Départ au clair de lune.

Gradvol (Roger-Isaac), rue Saint-Senocle, 17.
225 — Le marché à Caudebec-en-Caux. **S. N. B. A.**

Graux (Louis-William), rue Vauquelin, 10.
226 — Le canal de Bourgogne. **S. A. F.**

Griveau (Georges), quai d'Anjou, 15.
227 — Portrait de Mme R. P. **S. N. B. A.**

Griveau (Lucien), rue des Écoles, 48.
228 — A l'arrière, la vie paisible. **S. N. B. A.**

Groux, (Henry de), rue Chaptal, 9.
229 — Prisonniers de guerre. **S. N. B. A**

Grün (Jules), boulevard Berthier, 31. **S. A. F.**
230 — Monsieur le curé du Breuil-en-Auge.
231 — Portrait de Mr Barathon du Monceau.
232 — Dans la neige.

Gsell (Henry), boulevard de Clichy, 118.
233 – Tête de jeune femme. **S. N. B. A.**

Guérin (Charles), rue Leclerc, 1. **S. N. B. A.**
234 — Lecture.

Guignard (Gaston), rue Verniquet, 15.
235 — Printemps en Normandie. **S. N. B. A.**

Guiguet (François), rue de Navarin, 21.
236 — Portrait de Mme R... **S. N. B A.**

Guillaume (Albert), à Fontaine-les-Corps-Nuds, près Senlis (Oise). **S. N. B. A.**
237 — L'heure du Taube.

Guilaume-Roger, à Montmorency (Seine-et-Oise), rue du Laboureur, 4. **S. N. B. A.**
238 — Le Beguinage sous la neige (Hollande).

Guillemet (Antoine), rue Clauzel, 6. **S. A. F.**
239 — Route de la mer à Saint-Vaast.
240 — Saint-Pardoux (Dordogne).

Guillez (feu Arthur-Edmond), boulevard Ornano, 32, (Mort pour la France). **S. A. F.**
241 — Portrait.

Guinier (Henri), à Neuilly-sur-Seine, avenue de Neuilly, 61. **S. A. F.**
242 — Piété bretonne.

Gumery, rue de Passy, 47. **S. N. B. A.**
243 — Portraits sur la plage

Harpignies (feu Henri), chez Mr R. H. Tripp, rue Saint-Georges, 8. **S.A.F.**

244 — Le pont du moulin à Saint-Privé.
245 — Lever de lune.
246 — Chemin du Francique près Morlaix.

Helleu (Paul), rue Emile-Ménier, 45.
247 — Portrait de Mme T. **S. N. B. A.**

Henry-Baudot (Edouard-Louis), boulevard Berthier, 19. **S. N. B. A.**
248 — Le vainqueur.

Humbert (Ferdinand), Membre de l'Institut, rue de l'Université, 39. **S. A. F.**
249 — Portrait de Mme de P...

Hurel (Mlle Suzanne), rue du Rocher, 56. **S. A. F.**
250 — Portrait de Mr Laubeuf, Ingénieur en chef de la Marine.

Iwill (Marie-Joseph), quai Voltaire, 11. **S. N. B. A.**
251 — Nuit du 30 janvier 1918. (Le ciel de Paris tandis que minuit sonnait à Saint-Germain-l'Auxerrois).

Jamois (Edmond), rue de Bagneux, 12. **S.A.F.**
252 — Procession de Saint-Jean-Trolimon (Finistère).

Japy (feu Louis), boulevaad. Berthier, 31.
253 — Bords de rivière. **S. A. F.**

Jeannin (Georges), rue. Jouffroy, 36 *bis*.
254 — Le bouquet de roses. **S. A. F.**
255 — Fraises.

Jeanniot (Pierre-Georges), avenue Victor-Hugo, 171. **S. N. B. A.**

256 — L'ouragan, Dienoy (Côte-d'Or).

Jobert (Paul), rue de la Faisanderie, 3. **S. A. F.**

257 — Barques de pêche dans la brume.

Joets (Jules-Arthur), rue de Dunkerque, 97, Saint-Omer (Pas-de-Calais). **S. A. F.**

258 — Portrait du Maréchal Sir Douglas Haig, généralissime des armées Britanniques.

Jonas (Lucien), rue Cothenet, 1. **S. A. F.**

259 — Les Soldats de la Liberté.

260 — L'usine, — Anzin.

Joron (Maurice-Paul), rue Alfred-de-Vigny, 12.

261 — Nudité. **S. A. F.**

262 — Intérieur.

Jouclard (Mlle Adrienne-Lucie), rue du Gouvernement, 2, à Versailles (Seine-et-Oise). **S. A. F.**

263 — Parcs à bestiaux sur les bords du canal, à Versailles.

Karbowsky (Adrien), avenue Gambetta, 7, à Chatou-sur-Oise. **S. N. B. A.**

264 — Anémones blanches.

Karpelès (Mlle Andrée), rue du Docteur-Blanche, 27. **S. N. B. A.**

265 — Mme Lisbeth Tscherning (Directrice de l'hôpital militaire 8 *bis*, — Mission Danoise).

Knight (Daniel Ridgway), Les Terrasses, à Rolleboise, par Bonnières (Seine-et-Oise). **S. A. F.**

266 — « Septembre 1914 », après la bataille de la Marne.

Laborde (Ernest), rue de la Grande-Chaumière, 8. **S.N.A.B.**

267 — Maison de Mme de Pompadour (rue Saint-André-des-Arts).

Ladureau (Pierre), rue de l'Armorique, 12. **S.N.B.A.**

268 — Matin calme.

Lagrange (André), rue d'Alésia, 17. **S.A.F.**

269 — Explosion d'une mine (Argonne).

La Hougue (Jean de), rue des Carmes, 44, à Caen. **S.N.B.A.**

270 — Intérieur.

Lamy (P. Franc), avenue Rapp, 4. **S.A.F.**

271 — La Vallée de la Sedelle (Crozant).

Lannes (Gustave), rue de Pontoise, 19.

272 — Baie de la Somme. **S.A.F.**

La Rochefoucauld (Hubert de), faubourg Saint-Honoré, 233 *bis*. **S.N.B.A.**

273 — Les Vendanges (petit panneau décoratif).

Larrue (Guillaume), rue Jacques-Boyceau, 11, à Versailles. **S.N.B.A.**

274 — Intimité.

La Touche (Gaston). **S.N.B.A.**

275 — L'amour vainqueur.

Laugée (Georges), boulevard Lannes, 31.

276 — Temps d'orage. **S.A.F.**

Laurens (Jean-Paul), membre de l'Institut, rue Cassini, 5. **S.A.F.**

277 — Le Comité de sécurité de la Ville de Paris et du Département de la Seine; — septembre 1914-décembre 1914.

Lauth (Frédéric), rue d'Assas, 36. **S.A.F.**
278 — Portrait de Mme M. B.....
279 — Jour de fête (environs d'Avila).

Lavergne (Georges), villa Guibert, 9, rue de la Tour, 83. **S.A.F.**
280 — Étude.

La Villéon (Emmanuel de), rue Notre-Dame-des-Champs, 72. **S.N.B.A.**
281 — Village de Pencran.

Lavrut (Mlle Louise), rue de Rome, 85.
282 — Portrait de Mme M..... **S.A.F.**

Lebasque (Henri), avenue Perrichont, 15.
283 — La pêche. **S.N.B.A.**

Lecomte (Victor), boulevard Saint-Germain, 4.
284 — Contemplation. **S.A.F.**

Lederer (Jacques), mort au champ d'Honneur, le 20 avril 1917. Pour la correspondance : rue Lepic, 36. **S.N.B.A.**
285 — La pioche du démolisseur, le maquis (Montmartre).

Le Gout-Gérard (Fernand-Marie-Eugène), boulevard Péreire, 110. **S.N.B.A.**
286 — Dans le port, le soir, à Concarneau.

Legrand (Louis), rue Le Peletier, 51.
287 — Deux femmes dans les bois. **S.N.B.A.**

Le Mains (Gaston), à Saint-Cloud, rue Gaston-La Touche, ancienne rue du Calvaire.
288 — L'heure paisible. **S.N.B.A.**

Lemonnier (Robert), square du Croisic, 2 *bis*.
289 — La vallée de Chamonix. **S.N.B.A.**

Lemordant (Jean-Julien), boulevard de Port-Royal, 31. **S. N. B. A.**

290 — Esquisse pour le plafond du théâtre de Rennes.

Lenoir (Charles-Amable), rue du Val-de-Grâce, 11 *bis*. **S. A. F.**

291 — Portrait de Mme M.....

Lepère (Auguste), rue de Vaugirard, 203.

292 — L'Eté. **S. N. B. A.**

Le Petit (A.-M.), à La Frette (Seine-et-Oise).

293 — Les bords de la Seine. **S. N. B. A.**

Lepeytre (Mlle Marthe), avenue des Champs-Elysées, 33. **S. A. F.**

294 — Paysage.

Lerolle (Henri), avenue Duquesne, 20.

295 — Intérieur. **S. N. B. A.**

Leroux (Auguste-Jules-Marie), villa d'Alésia, 11. **S. A. F.**

296 — Portrait du pilote de chasse A. Dézarrois.

297 — Eglise bombardée (champ de bataille de l'Ourcq).

Lesellier (Edmond), rue François-Guibert, 5. **S. A. F.**

298 — Perthes-les-Hurlus (piste Grossette).

Le Sidaner (Henri-Eugène), rue des Réservoirs, 27, à Versailles. **S. N. B. A.**

299 — Fenêtre sur le jardin.

Lévis (Maurice), boulevard de Clichy, 11.

300 — Ostende ; — juillet 1914. **S. A. F.**

Lévy-Dhurmer (Lucien), rue Labruyère, 3 *bis*.

301 — L'aube. **S. N. B. A.**

Lhermitte (Léon-Augustin), rue Eugène-Flachat, 20. **S.N.B.A.**

302 — Glaneuses près d'une meule.

Lhuer (Gaston-Théophile), boulevard Saint-Germain, 4. **S.A.F.**

303 — Brodeuse.

Lisbeth-Delvolvé-Carrière, à Montpellier (Hérault), boulevard des Arceaux, 43.

304 — Fleurs au drapeau. **S.N.B.A.**

Llano-Florez (François), rue de l'Arbalète, 32.

305 — Port de Marseille, « La Joliette ». **S.A.F.**

Lobre (Maurice), avenue Friedland, 18.

306 — La nef de Notre-Dame. **S.N.B.A.**

Loir (feu Luigi), boulevard Magenta, 155.

307 — L'heure de l'apéritif. **S.A.F.**

308 — Marché des Lilas.

Louis-Picard, avenue Frochot, 14.

309 — Nocturne. **S.N.B.A.**

Loup (Eugène), rue Vaneau, 23. **S.N.B.A.**

310 — Etude de nu.

Luigini (Ferdinand), rue Ballu, 18.

311 — Paysage flamand. **S.N.B.A.**

Madeline (Paul), quai Voltaire, 17.

312 — Le moulin (hiver). **S.N.B.A.**

Mahudez (Mme Jeanne Jacoutot), rue Lepic, 46. **S.A.F.**

313 — Tendresse maternelle ; — intérieur.

Maillaud (Fernand), rue de l'Estrapade, 3.

314 — Le lac. **S.A.F.**

315 — Bucolique.

Malherbe (William), rue Lauriston, 40.
S. N. B. A.

316 — Portrait de Mlle Berthe Loquien (de l'Opéra).

Malterre (Gontran), impasse du Maine, 18.
317 — L'heure dorée. **S. A. F.**

Manceau (Paul), rue de Bellechasse, 13.
S. N. B. A.
(Voir à PAUL-MANCEAU).

Marcel-Roll, 10e section d'infirmiers militaires.
318 — Le chemin du bord de l'eau. **S. N. B. A.**

Marché (Ernest), rue Fontaine, 42. **S. A. F.**
319 — L'hiver au vieux Nemours.

Marliave (François de), rue de La Tour-d'Auvergne, 44. **S. N. B. A.**
320 — Dans un parc.

Mathey (Jacques), rue de Rome, 159.
321 — Le bouquet. **S. N. B. A.**

Mathey (Paul), rue de Rome, 159. **S. N. B. A.**
322 — L'écluse à Montigny-sur-Loing.

Martin (Henri-Jean-Guillaume), membre de l'Institut, boulevard Raspail, 280. **S. A. F.**
323 — La Pergola.
324 — Le village à l'automne.
325 — Puy l'Evêque.

Martin-Gourdault (Mme), boulevard Arago, 65.
326 — Fleurs. **S. A. F.**

Massé (Jean-E.-J.), rue de Vaugirard, 99.
S. A. F.
327 — Effet de neige à Luzancy (Seine-et-Marne).

Matignon (Albert), rue de Tournon, 17.
328 — Des fleurs. **S. A. F.**

Matisse (Auguste), rue Cassini, 3. **S. A. F.**
329 — La mer.
330 — La mer.
(Fragments faisant partie de la décoration d'une maison appartenant à M. S.. , île de Bréhat (Côtes-du-Nord).

Maxence (Edgard), rue de Vaugirard, 71 *bis*.
331 — Rosa mystica. **S. F. A.**

Maxence (Jean), rue de Vaugirard, 71 *bis*.
332 — Portrait. **S. A. F.**

Meissonnier, (Charles), clos de l'Abbaye, à Poissy (Seine-et-Oise), décédé. **S N.B.A.**
333 — Au cabestan.

Ménard (Emile-René), boulevard du Montparnasse, 126. **S.N B.A.**
334 — « Le Bouvier ».

Mercoyrol (Alfred), rue Saint-Lazare, 50.
335 — Infirmière ; — étude. **S.A.F.**

Mewès (Charles-Edouard), boulevard des Invalides, 36. **S.A.F.**
336 — Composition.

Michel (Geo), rue Legendre, 62. **S. A. F.**
337 — Au cantonnement.

Mignon (Lucien), rue Surcouf. **S.N.B.A.**
338 — Nu au miroir.

Milcendeau (Charles), Le-Bois-Durand-Soullans (Vendée). **S.N.B.A.**
339 — Le Départ pour un baptême.
(Scène du Marais Vendéen, l'hiver).

Minartz (Tony), rue Fontaine, 37.
340 — Au théâtre. **S. N. B. A.**

Minier (Mlle Suzanne), rue Vital, 44. **S.A.F.**
341 — La dame à la robe bleue.

Moisset (Maurice), rue Viète, 3. **S.A.F.**
342 — Lever de la Lune; — Normandie.

Mondineux (Estienne), avenue du Colonel-Bonnet, 11. **S.A.F.**
343 — Philippe.

Montagné (Louis), rue d'Abbeville, 3. **S.A.F.**
344 — Le Canal Saint-Sébastien aux Martigues.

Montchenu-Lavirotte (Mme Jane de), square Rapp, 3. **S.A.F.**
345 — Portrait de Mme Amélie M....

Montézin (Pierre), rue du Château-d'Eau, 29.
346 — Bords de l'Eure. **S.A.F.**

Moncourt, (Albert de), rue Duphot, 15.
347 — Furnes. **S.N.B.A.**

Morchain (Paul), rue du Texel, 4. **S.A.F.**
348 — La Meuse à Dordrecht (Hollande).
349 — La Mairie de Mézel (Auvergne).

Moreau (François), rue Marty, 11 *bis*, Charenton.
350 — Pour l'absent. **S.N.B.A.**

Morisset (Henry-François). rue Lemercier, 15.
351 — Etude de nu. **S.N.B.A.**

Moteley (Georges), à Toulouse (Haute-Garonne, rue Tourlaque, 22. **S.A.F.**
352 — Morez du Jura; — effet de neige.
Mouton (Georges), rue Michel-Ange.
353 — Le panier de cerises. **S.N.B.A.**

Muenier (Jules-Alexis), rue Théodule-Ribot.
354 — Les lettres. **S.N.B.A.**

Mussa (P.), rue Molitor, 51. **S.A.F.**

355 — Nuit de lune ; — Concarneau.

Nivouliès (Mme Marie), rue du Val-de-Grâce, 9.

356 — Marine, à Saint-Tropez. **S.N.B.A.**

Nozal (Alexandre), quai d'Auteuil, 17. **S.A.F.**

357 — Effet de neige du quai d'Auteuil.

358 — Nocturne à Berck (Pas-de-Calais).

Olivier (Ferdinand-Adolphe), square Delambre, 6.

359 — Cité lacustre. **S.N.B.A.**

Olivier (René), rue Garancière, 8. **S.N.B.A.**

360 — A Furnes (Belgique) « La procession de pénitence ».

Osbert (Alphonse), rue du Collège, 5, à Cusset (Allier). **S.N.B.A.**

361 — Mélancolie d'automne.

Osterlind (Allan), Ile de Bréhat (Côtes-du-Nord).

362 — Lecture. **S.N.B.A.**

Pallandre (Albert), rue Sainte-Sophie, 5 *bis*.

363 — Hortensias bleus. **S.N.B.A.**

Pape (Jean-Constant), à Clamart (Seine), avenue Schneider, 64. **S.A.F.**

364 — Fin du jour, forêt de Clamart.

Parturier (Louis-Eugène), boulevard Raspail, 276. **S.A.F.**

365 — Ruisseau normand.

Pascau (Mlle Clémence), rue Jacob, 50. **S.A.F.**

366 — Intérieur d'église ; — Saint-Germain-des-Prés.

Paul-Manceau (Georges), rue de Bellechasse. **S. N. B. A.**

367 — Le Phare de Saint-Georges de Didonne (1er août 1914)

Peccard (Jehan), rue Quincampoix, 60. **S. A. F.**

368 — La petite gardienne de Saint-Fiacre (Bretagne).

Pèpe (Mlle Valentine), chez Mme Cornet, rue de Constantinople, 37. **S. A. F.**

369 — Derniers beaux jours.

Peri (Lucien), A.L.G.P., 105e Batterie, 70e Artillerie. **S. N. B. A.**

370 — Mare sous bois en Automne (Mailly).

Pernelle (Ernest-Marie), rue Saint-Rustique, 18. **S. A. F.**

371 — Le vieux pigeonnier à Auray (Bretagne).

372 — Les vieilles maisons des bords de l'Eure à Chartres.

Perret (Aimé), à Bois-le-Roi (Seine-et-Marne). **S. N. B. A.**

(Voir à AIMÉ-PERRET.)

Petit (Louis), rue du Bac, 77. **S. A. F.**

373 — Une cantine d'artistes.

Petitjean (Edmond), boulevard des Batignolles, 48. **S. A. F.**

374 — Le moulin abandonné (Marais vendéen).

Pibrac (Raoul de), à Toulouse (Haute-Garonne), rue Bouquière, 8. **S. A. F.**

375 — Portrait de Mme de Ti.

Picard (Louis), avenue Frochot, 14.

376 — Nocturne. **S. N. B. A.**

Picquefeu (Roger-François), à Neuilly-sur-Seine, avenue de Neuilly, 22. **S. N. B. A.**
377 — Plumes de paon (nature morte).

Piet (Fernand), rue Lamarck, 35. **S. N. B. A.**
377 *bis* — Marché à la Poterie (Quimperlé, Bretagne).

Planquette (Félix), rue Lamarck, 33.
378 — Le Chemin du marais. **S. A. F.**

Plauzeau (Alfred), boulevard de Port-Royal, 19 *bis*. **S. A. F.**
379 — « Quelques jours après... »

Point (Armand), Marlotte (Seine-et-Marne).
380 — La Source et la Mer. **S. N. B. A.**

Pontoy (Henry), rue La Bruyère, 46.
381 — « Saint-Brieuc ». **S. A. F.**

Porcheron (Lucien-Émile), rue du Cherche-Midi, 81. **S. A. F.**
382 — La Cathédrale de Soissons.

Prevot-Valeri (Auguste), rue Aumont-Thiéville, 6. **S. A. F.**
383 — La rentrée du troupeau.

Prinet (René-Xavier), rue du Boccador, 5.
384 — La Tradition. - **S. N. B. A.**

Prunier (Gaston), rue Dombasle, 24.
384 *bis* — L'Écluse de la Monnaie. **S. N. B. A.**

Quizet (Léon-Alphonse), rue des Saules, 35. **S. N. B. A.**
385 — Montmartre, le moulin de la Galette.

Quost (Ernest), rue de Dunkerque, 79. **S. A. F.**
386 — A la porte du jardinier au Breuil.
387 — La peupleraie au Breuil.
388 — Souvenir de Bagatelle.

Ragot (Emile-Jean-Baptiste-Frédéric), rue Turgot, 22. **S. A. F.**

389 — Inondation de l'Yser (1914).

Rame (Louis-Jules), à Ouezy (Calvados).

390 — Paysage de la Bezole (Aude). **S. N. B. A.**

Raoul-Ulmann (André), rue de la Pitié.

391 — Crépuscule (Rade de Morlaix). **S. N. B. A.**

Rapau (Jules), à Marseille, rue des Bergers, 16.

392 — Roses jaunes. **S. N. B. A.**

Réalier-Dumas (Maurice), à Chatou (Seine-et-Oise), rue d'Eprémesnil, 1. **S. A. F.**

393 — Le théâtre grec de Taormine.

Régamey (Frédéric), boulevard Suchet, 61.

394 — Premiers pas en Alsace. **S. N. B. A.**

Renard (Emile-Henry), rue de Fleurus, 27.

395 — Communiantes. **S. A. F.**

Renaudot (Paul), rue des Fossés-St-Jacques, 22.

396 — Femme en rouge **S. N. B. A.**

Renoux (Ernest), rue Saint-Didier, 50. **S. N. B. A.**

397 — Le petit Palais des Beaux-Arts après la pluie.

Reyre (Mlle Valentine), rue du Cherche-Midi, 55.

398 — Portrait de Mlle de M. **S. N. B. A.**

Richard-Chaponet (Mme Marie-Eugénie), rue d'Auteuil, 56. **S. A. F.**

399 — Œillets et violettes.

Rigolot (Albert-Gabriel), rue Singer, 66.

400 — Matinée d'automne. **S. A. F.**

Ripa de Roveredo (Yvonne), rue Poncelet, 26. **S. N. B. A.**

401 — Femme accroupie (étude de nu).

Riquet (Paul), rue Boissonade, 13. **S. A. F.**

402 — Portrait de Mr L. R...

Rivière (Charles), boulevard Richard-Lenoir, 24.

403 — Fromages et asperges cuites. **S. A. F.**

Roger-Jourdain, rue Eugène Flachat, 22.

404 — Intérieur d'atelier. **S. N. B. A.**

Roll (Alfred), rue Alphonse-de-Neuville, 41.

405 — 1914 (aux armes). **S. N. B. A.**

Rondel (Henri), rue de la Rochefoucauld, 64.

406 — Le Passé. **S. N. B. A.**

Rondenay (Mme Marcelle-Andrée), à Saint-Germain-en-Laye (S.-et-O.), rue de Lorraine, 33.

407 — Collaboration. **S. A. F.**

Rosenberg (J.-C.), quai d'Orsay, 109.

408 — La commode. **S. A. F.**

409 — Intérieur; — musée des arts décoratifs.

Rosset-Granger (Edouard), avenue Gourgaud, 17. **S. N. B. A.**

410 — Verdun.

Rousseau (Jean-Jacques), rue du Colonel-Moll, 6. **S. N. B. A.**

411 — Vaches à l'herbage au coucher du soleil.

Rousseau (Henri-Emilien), rue Hégésippe-Moreau, 15. **S. A. F.**

412 — L'inondation en Camargue.

Rousseau-Decelle (René), rue du Faubourg-Saint-Honoré, 235. **S. A. F.**

413 — Pêcheurs de moules en Bretagne.

Royer (Henri), boulevard Berthier, 63.

414 — Près du vieux mur. **S. A. F.**

Royer-Lionel, à Neuilly-sur-Seine, rue de Chézy, 38. **S. A. F.**

415 — Cornélie.

Sabatté (J.-G.-Fernand), rue Gros, 35. **S. A. F.**

416 — Intérieur de la cathédrale d'Arras.

(Appartient à M. E.-M. Fuge.)

417 — Le tombeau.

Saint-Germier (Joseph), à Neuilly-sur-Seine, boulevard Bineau, 149. **S. A. F.**

418 — Intérieur.

419 — Masques à Venise.

420 — Un petit canal ; — Venise.

Saubès (Daniel), rue Cauchois, 15. **S. A. F.**

421 — La dîme du pauvre.

Schœffel-Deniel (Edouard), rue de l'Ecole-de-Médecine, 3. **S. A. F.**

422 — Moutons au pâturage.

Schœngrun (Mlle Alice), avenue Victor-Hugo, 19.

423 — Pommes. **S. A. F.**

Schwab (Carlos), rue Louis-David, 20 *bis*. **S. N. B. A.**

424 — Portrait du lieutenant René Manaut.

Scott (Georges), rue Denfert-Rochereau, 83.
425 — Avance sous un tir de barrage **S. A. F.**
(Douaumont).
426 — Poste de secours, cote du Poivre (Verdun).
427 — Terrain reconquis (Les Eparges).

Sée (Mlle Mathilde), avenue de Neuilly, Neuilly-sur-Seine. **S. N. B. A.**
428 — Boules de neige.

Selmy (Eugène-Benjamin), rue Ordener, 185.
429 — Dimanche de paysans (Rouergue). **S. A. F.**

Selmy-Naninck (Mme Rose), aue Ordener, 185. **S. A. F.**
430 — Le salon, — musée Jacquemart-André.

Seyssaud (René), Villes (Vaucluse).
431 — Les blés verts. **S. N. B. A.**

Sieffert (Paul), rue Notre-Dame-des-Champs, 73.
432 — Pasqua-Rosa. **S. A. F.**

Signoret (Charles-L.-E.), avenue des Ternes, 49. **S. A. F.**
433 — Couchant sur la mer, — Marseille, avants-ports.

Simon (Jacques-Paul), place Belle-Tour, 1, à Reims (Marne). **S. A. F.**
434 — Cathédrale de Reims, — intérieur vu de l'abside en février 1918.

Simon (Lucien), rue Cassini, 3 *bis*. **S. N. B. A.**
435 — Courses à Pont-l'Abbé.

Smith (Alfred), rue Jasmin, 27, S. N. B. A.
436 — Gelée blanche sur la Creuse.

Smith-Champion (Mme Madeleine), rue Michelet, 4. S. A. F.
437 — Un coin de la pharmacie à l'hôpital auxiliaire 73.

Souillet (Georges-François), boulevard Montparnasse, 103. S. N. B. A.
438 — Le jeu de boules; — Camaret.

Stewart (Julius), rue Copernic, 36.
439 — Femme aux Tournesols. S. N. B. A.

Styka (Adam), à Garches (Seine-et-Oise).
440 — Laveuses à Biskra. S. A. F.

Surtel (Marcel), villa La Fauvette, Hyères (Var).
441 — Pins parasols, près Hyères. S. N. B. A.

Synave (Tancrède), rue Bayen, 41. S. A. F.
442 — Jeune mère, — ouvroir de guerre.

Tedescki (Mlle Marguerite), Forges par Montereau. S N. B. A.
443 — L'Arabe à la fleur.

Tenré (Henry), rue Villejust, 36. S. A. F.
444 — La bibliothèque à Versailles.

Tête (Maurice), rue Brisson, 44, à Roanne (Loire)
445 — Le Poste de Secours. S. N. B. A.

Thil (Mlle Jeanne), rue Lhomond, 52. S. A. F.
446 — La fuite (route de Béthune).

Thomas (Paul), rue de l'Abbaye, 6. **S.A.F.**

447 — L'alcôve.

448 — Le salon de Mme de Sévigné au musée Carnavalet.

Tinayre (Jean-Paul-Louis), rue Le Verrier, 12. **S.A.F.**

449 — Messe de minuit dans les carrières de Confrécourt le 24 décembre 1914.

Tonnelier (Raoul), rue Lamarck, 35. **S.N.B.A.**

450 — Portrait de M. Philippe Berthelot.

Tournès (Etienne), rue de Vaugirard, 114.

451 — La Rose. **S.N.B.A.**

Tranchant (Pierre-Jules), avenue de Saxe, 59.

452 — Matinée d'été. **S.A.F.**

Troncet (Antony), rue Platon, 5. **S.A.F.**

453 — Portrait de mon père.

Umbricht (Honoré), rue Lemerçier, 30. **S.A.F.**

454 — Portrait de l'aumônier divisionnaire Charles Umbricht, engagé volontaire.

Valade (Louis), rue Claude-Vellefaux, 15. **S.A.F.**

455 — Ecossais prisonniers en Allemagne.

Vauthrin (Ernest-Germain), rue Copernic, 16. **S.N.B.A.**

456 — Barques fuyant l'orage (Honfleur).

Vaysse (Marie-Léonce), né à Maligny (Yonne). Décédé. **S.N.B.A.**

457 — Les Ajoncs (Pont-Aven).

Victor-Koos, passage de Dantzig, 2.

458 — Pastorale. **S.N.B.A.**

Villedieu Pautrier (Mme Marie), rue Desrenaudes, 28, actuellement à Bourges, rue des Arènes, 59 **S.N.B.A.**

459 — Etude.

Vivien (Joseph-Julien), à Issy (Seine), avenue de l'Hôtel-de-Ville, 1. **S.A.F.**

460 — L'hiver au bord de la mare.

Waidmann (Pierre), avenue de Neuilly, 103, à Neuilly-sur-Seine. **S.N.B.A.**

461 — Gerbeviller, en 1915,

Walhain (Charles-Albert), à Neuilly-sur-Seine, boulevard Bineau, 148. **S.A.F.**

462 — Petite Alsacienne.

Wallet (Albert), rue Caulaincourt, 73.

463 — La nuit. **S.A.F.**

Weerts (Jean-Joseph), rue Ampère, 19.

464 — Portrait de l'auteur. **S.N.B.A.**

Wencker (Joseph), avenue du Bois-de-Boulogne, 80. **S.A.F.**

465 — Portrait de Mlle Hamelin.

Wolf-Jué (Mme Suzanne), rue de la Tour-d'Auvergne, 41. **S.A.F.**

466 — Portrait de Mme V....

Yarz (Edmond), quai Bourbon, 27. **S.A.F.**

467 — Lever de lune.

468 — Nuit claire.

DESSINS

CARTONS, AQUARELLES, PASTELS, ET MINIATURES

Adan (Louis-Émile), rue de Courcelles, 75.

469 — Rêverie : — *aquarelle.* **S. A. F.**

470 — D'après Clodion ; — *aquarelle.*

Alix (Mlle Jeanne), boulevard de Clichy, 110. **S. A. F.**

471 — De la montagne Sainte-Geneviève, rue du Cardinal-Lemoine ; — *aquarelle gouachée.*

Ansaloni (Édouard-Gaëtan-Charles), rue du Mont-Dore, 10. **S. A. F.**

472 — Portrait de M. D..., *sanguine et fusain.*

Baily (Mlle Caroline), rue de Larochefoucault, 64.

473 — Etude ; — *miniature.* **S. A. F.**

474 — Étude ; — *miniature.*

Barbier (Antoine), à Lyon, quai des Brotteaux, 11.

475 — Une vague ; - *aquarelle.* **S. A. F.**

Bastide (Mme Alice), avenue d'Orléans, 48.

476 — Jeune fille ; — *miniature.* **S. A. F.**

Beaury-Saurel (Mme Amélie), galerie Montmartre, 27. **S. A. F.**

477 — Portrait de J. P..., *dessin.*

Bellan (Gilbert), place des Vosges, 7 *bis.* **S. N. B. A.**

478 — Village et Église de Flirey (aux armées Voëvre 1917).

Belnet (Georges), avenue du Maine, 179.
479 — Près Verdun ; — *dessin*. **S. A. F.**

Berteaux, (Hippolyte), r. Saint-Dominique, 116.
480 — Fugitifs (Belgique 1914). **S. N. B. A.**

Bonneau (Jacques), quai d'Orsay, 55.
S. A. F.
481 — Intérieur de batteries de 120 ; — *dessins rehaussés*.

Bourgade (Mlle Augusta de), avenue Émile-Zola, 144. **S. A. F.**
482 — Le dégel ; — *pastel*.
483 — Neige ; — *pastel*.

Broca (Alexis-Louis de), lieutenant attaché à la commission régulatrice de Calais. **S. A. F.**
484 — Le pêcheur du Morbihan ; — *aquarelle*.
485 — Visions du front en Champagne ; — *aquarelle*.

Burdy (Mlle Jeanne), rue des Martyrs, 23. **S. A. F.**
486 — Portrait de Mme C... ; — *miniature*.
487 — Tête Breton ; — *miniature*.

Cacciapuoti, (Hector), rue Jean-Daudin, 3.
488 — Marinella Naples ; — *aquarelle*. **S. A. F.**
489 — Saint-Agnello-Sorrente ; — Barques de pêche ; — *aquarelles*.

Cahen (Mlle Rosine), rue de la Tour d'Auvergne, 41.
S. A. F.
490 — Blessé au travail. — Visite au blessé ; — *dessins*.

Calbet (Antoine), rue du Cherche-Midi, 102.
491 — Au jardin des Hespérides ; — *pastel*. **S. A. F.**
492 — Symphonies printanières ; — *pastel*.

Calvès (Mlle Marie-Didière), à Vignory (Haute-Marne). **S. A. F.**

493 — Novembre ; — forêt de Bauregard (Haute-Marne ; — *aquarelle.*

Carlier (Mlle Camille), rue du Faubourg Saint-Honoré, 157. **S. A. F.**

494 — Le Marché de Bléneau ; — *aquarelle.*

495 — Femme cousant ; — *aquarelle.*

Carpentier (Mlle Madeleine), rue de Maubeuge, 60. **S. A. F.**

496 — Croquis de bébés ; — *pastel.*

Carpentier (feue Marie-Paule), rue de Maubeuge, 60. **S. A. F.**

497 — Le château de Versailles ; — *aquarelle.*

Carrier-Belleuse (Pierre), boul. Berthier, 31. **S. N. B. A.**

498 — Portrait de Mlle M. F. en littérature, Claude Frémy.

Chambon (Charles-Marius), à Berck-Plage (Pas-de-Calais), rue du Phare. **S. A. F.**

499 — Portrait de Mme la générale D... ; — *pastel.*

Chaux (Mlle Berthe-Mélina), à Neuilly-sur-Seine, rue Borghèse, 9. **S. A. F.**

500 — Un brave ; — *miniature.*

Chavaillon (Théogène-Pierre), rue Saint-Jacques, 277. **S. A. F.**

501 — Haute Alsace ; — Lorraine ; — Argonne ; — *sept dessins rehaussés.*

Cheffer (Henri), avenue de Suffren, 11 *bis.* **S. A. F.**

502 — Le village de Dompierre (Somme) ; — Un Etat-Major à V... (Aisne) ; — *aquarelles.*

Colle (Michel-Auguste), à Champigneulles (Meurthe-et-Moselle), rue de Belle-Fontaine, 19. **S. A. F.**

503 — Chœur de la cathédrale de Troyes, — *aquarelle.*

Cortès (Édouard), rue des Pyrénées, 336.

504 — La neige en Argonne ; — *gouache.* **S. A. F.**

Coutant (Mlle Marie-Aimée), villa Bellevue, à Viroflay (Seine-et-Oise). **S. A. F.**

505 — Portrait de Mlle Yvonne Chazel de l'Opéra-Comique ; — *pastel.*

Crespel (Mme Berthe-Marie-Henriette), rue Cassette, 16. **S. N. B. A.**

506 — La corbeille blanche.

Dardy (Albert), chez M. Bousquet, rue de la Tour, 11. **S. N. B. A.**

507 — Village de Saint-Précourd (Aisne) ; — *croquis de guerre.*

Darviot (Edouard), à Dijon (Côte-d'Or), rue Bannelier, 15. **S. A. F.**

508 — Sœur Marie ; — *dessin.*

509 — La Veilleuse, souvenir de Baccarat ; — *dessin.*

Debillemont-Chardon (Mlle Gabrielle), rue Duperré, 7. **S. A. F.**

510 — Portrait de Mme G... ; — Rêverie ; — Petite rousse ; — La Colombe ; — Petite fille blonde ; — *miniatures.*

Deluermoz (Henri), avenue Rachel, 16. **S. N. B. A.**

511 — Types pris sur le front ; — *dessins rehaussés.*

Dennery (Gustave-Lucien), à Neuilly-sur-Seine. rue du Général Henrion-Berthier, 11. **S. A. F.**

512 — Une forge ; — *aquarelle gouachée.*

Doigneau (Edouard), boulevard Berthier. 67. **S. A. F.**

513 — Souvenirs du front ; — Mes bivouacs ; — *aquarelles.*

Dorignac (Georges), passage de Dantzig. 2.

514 — Un dessin. **S. N. B. A.**

Dubaut (Pierre), avenue des Ternes, 75. **S. N. B. A.**

515 — Attelage d'artillerie dans la Somme (1917).

Dufour (Jean-Jules), rue Saint-Louis-en-L'Ile, 10. **S. A. F.**

516 — Types de prisonniers russes et anglais ; — *dessins.*

Duhamel (Mlle Jeanne), rue de Verneuil, 46.

517 — Etude ; — *miniature.* **S. A. F.**

Espouy (Jean d'), rue de Fleurus, 1. **S. A. F.**

518 — Études du front ; — *dessins.*

Faure (Mlle Hélène), rue de Chaillot, 83.

519 — Portrait de Mr E. D... ; — *miniature.* **S. A. F.**

Faux-Froidure, (Mme Eugénie), Villa Niel, 4.

520 — Bégonias ; — *aquarelle.* **S. A. F.**

521 — Violettes ; — *aquarelle.*

Félix (Léon), boulevard Péreire, 88. **S. A. F.**

522 — Portrait de Jean Foreau ; — *pastel.*

(Appartient à M. Henri Foreau).

Flamant-Ducamp (Mme Andrée), à Nimes (Gard), rue Montaury, 7. **S. A. F.**

523 — « Sourire » dame en rose ; — *pastel.*

Foidart (René), rue Théodore de Banville. 22.
524 — Intérieur ; — *dessin.* **S. A. F.**
525 — Ruines ; — *dessin.*

Fontaines (André des), boulevard du Port-Royal, 47. **S. A. F.**
526 — Chemin dans les blés ; — *pastel.*

François (Édouard), boulevard Saint-Martin, 17. **S. A. F**
527 — Braquis ; — Fromezey ; — Route d'Étain (Meuse) ; — *aquarelles.*

Galey (Pierre-Gaston), boulevard de Clichy, 60. **S. A. F.**
528 — Notes du front ; — *dessins et aquarelles.*

Galbez (Antonio), 1er Génie, section camouflage. S. P., 24. **S. N. B. A.**
529 — Le mauvais outil.

Gallay Charbonnel (Mme Nina), boulevard Saint-Michel, 69. **S. N. B. A.**
530 — Octobre au Luxembourg.

Gallet-Levadé (Mme Louise-Émilie), rue Godot-de-Mauroi, 15. **S. A. F.**
531 — Portrait de Mme L... ; — *miniature.*

Genilloux (Fernand), rue Buencas, à Sèvres (Seine-et-Oise). **S. N. B. A.**
532 — Le Guetteur ; — *pastel.*

Gérard (Jean-Pierre), rue de Liège, 28. **S. A. F.**
533 — La Marne à Condes ; — *aquarelle.*
534 — La Marne à Brotte ; — *aquarelle.*

Gué-Bourrelly (Mlle D. du), 10, rue de la Chaise. **S. A. F.**
535 — Soucis et grès flammé ; — *aquarelle.*

Guillez (feu Arthur-Edmond), boulevard Ornano, 32. (Mort pour la France). **S. A. F.**

536 — Portrait ; — *dessin.*

Guimard (Mlle Marcelle), rue Claude-Pouillet, 2.

537 — Raisins ; — *aquarelle.* **S. A. F.**

Hallo (Charles-Jean), rue de Bagneux, 11.

538 — Gerbevillers. (Septembre 1914). **S. N. B. A.**

Hermann (Paul). **S.N.B.A.**

539 —

540 —

Jacqueline (Mlle Madeleine-Suzanne), rue de Rennes, 84. **S. A. F.**

541 — Tête d'homme, étude ; — *miniature.*

Jacques (André), chez Mr Biaggi, rue Severo, 3 *bis.*

542 — Intérieur d'hopital. **S. N. B. A.**

Jamet (Henri), Rue Norvins, 24. **S. A. F.**

543 — Le chemin creux ; — *dessin.*

Jobart (Mme Berthe), rue du Pré-Botté, 7, à Rennes (Ille-et-Vilaine). **S. A. F.**

544 Tête de jeune femme : — *pastel.*

Jonas (Lucien), rue Cothenet, 1. **S. A. F.**

545 — Les Affamés ; — *dessin au fusain.*

546 — Douaumont ; — *fusain aquarellé.*

Jourdain, (Henri), 80, rue de Passy.

547 — Le Soir. **S.N.B.A.**

Laforge (Mme Marie), à Meaux (Seine-et-Marne), rue des Béguines, 9. **S. A. F.**

548 — Portrait de ma mère ; — *miniature.*

Lapeyre (Lucien), rue Cauchois, 3. **S. A. F.**

549 — Devant Douaumont (2 avril 1916) ; — *aquarelle.*

Lechat (Albert-Eugène), 51, rue Scheffer, momentanément à Saint-Josse (Pas-de-Calais.

550 — Béguinage de Courtras. **S. N. B. A.**

Lecomte (Paul), rue du Faubourg Saint-Martin, 69. **S. A. F.**

551 — Avant l'Orage ; — *aquarelle.*

Lecomte (Mlle Valentine), rue Visconti, 20.

552 — Allégorie de la guerre ; — *aquarelle.* **S. A. F.**

Lefort (Jean-Louis), avenue de la Motte-Piquet, 21 *bis.* **S. A. F.**

553 — Le Miracle ; — *sanguine.*

Le Riche (Henri), 198, rue de Courcelles.

554 — Arlette Paraf ; — *pastel.* **S. N. B. A.**

Leiris (Mme Jeanne de), rue Decamps, 7. **S. A. F.**

555 — Intérieur « Enfant au travail » ; — *pastel.*

Leroux (Mlle Yvonne-Blanche-Germaine), à Nogent-sur-Marne (Seine), avenue Watteau, 3.

556 — Portrait de Mr E. A... ; — *pastel.* **S. A. F.**

(Appartient à M E. A...).

Lesellier (Edmond), rue François-Guibert, 5. **S. A. F.**

557 — La Ferme des Wacques ; — *aquarelle.*

558 — La route de Souain ; — *aquarelle.*

Lesseps, (Charles de), rue Lalo, 7. **S. N. B. A.**

559 — Tête de femme.

Leverd (René), quai Saint-Michel, 13. **S. A. F.**

560 — Au Pont-Neuf, effet de neige ; — *aquarelle.*

561 — Quai de Bourbon, effet de neige ; — *aquarelle.*

Lévy-Engelmann (Mlle Yvonne), rue de Tocqueville, 124. **S. A. F.**

562 — Portrait de Madame la Maréchale Joffre; — *miniature.*

Lissac (Pierre), rue Lamarck, 38. **S. A. F.**

563 — Territoriaux construisant une route (Verdun, 1917); — *dessin.*

Loir (feu Luigi), boulevard Magenta, 155. **S.A.F**

564 — Place de la République, effet de neige; — *aquarelle.*

565 — La Cohorte; — *aquarelle.*

Mahut (Maurice), quai Voltaire, 17. **S.A.F.**

566 — Chasseur à cheval, tranchée de Fricourt (Somme), avril 1915; — *dessin.*

Martinet (Mlle Marguerite), avenue de Wagram, 32. **S. A. F.**

567 — Étude; — *miniature.*

Matossy (Pierre), rue Gassendi, 21. **S.A.F.**

568 — Croquis du front; — *dessins.*

May-Tinel (Mme Marie), Le Mans (Sarthe), rue du Parterre, 19. **S. A. F.**

569 — En Bretagne, Cimetière de Lochrist, Matinée d'automne, Matinée de printemps; — *fusain rehaussé.*

Merson (Luc-Olivier), membre de l'Institut, rue Denfert-Rochereau, 18 *bis.* **S. A. F.**

570 — Six esquisses représentant les contes de Perrault à exécuter par la Manufacture des Gobelins:

Riquet à la houppe; — Les Fées; — Le Chat botté; — Cendrillon; — Le Petit Poucet; — La belle au bois dormant.

571 — Sainte Marguerite; — *dessin.*

572 — Les bas enchantés : — *3 dessins.*
573 — Etude d'arbre ; — *dessin.*
574 — Verger du Fransic ; — *dessin.*
575 — Ferme du front ; *dessin.*

Michel (Geo), rue Legendre, 62. **S. A. F.**
576 — Vues du front : — *dessins et aquarelles.*
577 — Heures vécues (scènes de guerre) ; — *aquarelles et dessins.*

Mondineu (Etienne), avenue du Colonel-Bonnet, 11. **S. A. F.**
578 — Marne 1914 ; — *gouache.*

Montagné (Louis), rue d'Abbeville, 3.
579 — Aquarelles de guerre. **S. A. F.**

Montézin (Pierre), rue du Château-d'Eau, 29. **S. A. F.**
580 — La rivière, — La chaumière ; — *aquarelles.*

Morchain (Paul), rue du Texel, 4. **S. A. F.**
581 — Mescrin (Meuse) ; — *dessin rehaussé.*

Moreau-Nélaton (Etienne), faubourg Saint-Honoré, 73 *bis.* **S. N. B. A.**
582 — Le printemps à la Tournelle.

Moteley (Georges), rue Tourlaque, 22, **S. A. F.**
583 — Gentilhommière Normande, sous la neige ; — *pastel.*

Noreuil de Fénis (Mme Suzanne de), rue Hégésippe-Moreau, 15, villa des Arts, 3.
584 — Portrait ; — *miniature.* **S. A. F.**

Nourse (Mlle Elisabeth) rue d'Assas, 8. **S. N. B. A.**
585 — Chez le photographe, Penmarch (Finistère).

Odin (Mlle Blanche), rue du Vieux-Colombier, 21.
586 — Roses : — *aquarelle*. **S. A. F.**

Padro-Bouisset (Jacques), rue Gazan, 9.
587 — Aquarelles du front. **S. A. F.**

Pasteur, (Mme Jeanne), rue d'Anjou, 65.
588 — Bohémienne. **S. N. B. A.**

Paul (Hermann), rue des Vignes, 39.
589 — Portrait. **S. N. B. A.**

Pellerier (Maurice-Désiré), rue Alphonse-Daudet, 15. **S. A. F.**
590 — Devant Verdun : sur les Hauts de Meuse. — Dans la Somme : autour d'Herleville, *aquarelles*.
591 — Le ruisseau, effet de neige : — *aquarelle*.

Pellet-Mignot (Mme Alice), boulevard du Port-Royal, 88. **S. A. F.**
592 — Étude : — *miniature*.

Pénat (Lucien), rue Monsieur, 5. **S. A. F.**
593 — Après le bombardement ; — *dessin*.

Pointelin (Auguste-Emmanuel), rue Mayet, 21 et chez MM. Chaine et Simonson, rue Caumartin, 19. **S. A. F.**
594 — Soir dans le Jura ; — *fusain*.

Prévot-Valéri (André), rue Aumont-Thiéville, 6. **S. A. F.**
595 — Patrouille dans la nuit ; — *fusain*.

Quost (Mlle Suzanne), rue de Dunkerque, 79.
596 — Dalhias ; — *pastel*. **S. A. F.**

Renefer (Raymond), rue de Lourmel, 70.
597 — Les cuisines roulantes. **S. N. B. A.**

Reni-Mel, rue du Temple, 147. **S. A. F.**

598 — Soldat ; — *aquarelle*.

Rigolot (Albert-Gabriel), rue Singer, 66.

599 — Hiver ; — *pastel*. **S. A. F.**

Robert, (Mlle Henriette), rue de Vaugirard, 227.

600 — La Lecture ; — *dessin*. **S. A. F.**

Roblin (Paul), à Châtillon-sous-Bagneux (Seine), rue de la Mairie, 30. **S. A. F.**

601 — Six aquarelles :

Le retour du travail (Bois des Buttes) ; — Mise en batterie de la mitrailleuse (Louvemont) ; — Le départ pour la corvée (Bois des Buttes) ; — Le départ des travailleurs (Louvemont) ; — Départ des hommes de soupe (Côte du Poivre) ; La relève pour Craonne.

602 — Six aquarelles ;

Sur le plateau de Craonne ; — Au petit poste d'écoute ; — Sur la Côte du Poivre ; — Le retour du coup de main, par le corps franc (Craonne) ; — La pose dans les boyaux ; — Dépôt de matériel sur la route 44.

Rossert (Mme Marguerite), à Marlotte (Seine-et-Marne). **Sté N.B.A.**

603 — Une vitrine de sept miniatures.

Routchine (Mlle Sonia), rue Cardinet, 56. **S.A.F.**

604 — Portrait de ma nièce Blanchette ; — Portrait d'Odette Serven ; — *miniatures*.

Royer (Henri), boulevard Berthier, 63.

605 — Portrait de Mme B. ; — *dessin*. **S. A. F.**

606 — Portrait du Docteur Pierre Robin ; — *dessin*.

607 — Ruines du Château de Plessier-de-Roye ; — *aquarelle*.

Salaz (Albert), rue Alfred-Stevens, 9. **S. A. F.**
608 — Portrait de Mlle Jane Faber, de la Comédie Française ; — *pastel.*

Salomé, (Mlle Jeanne), à Rouen (Seine-Inférieure), rue Pouchet, 7. **S. A. F.**
609 — Une miniature.

Sarrut-Paul (Camille-Georges), rue La Fontaine, 14. **S. A. F.**
610 — Chef indien, Rissaldar Nahil Khan, du 15th Lancers ; — *crayon.*
611 — Ordonnance indien, division de Lahôre ; — *sanguine.*

Sauger (Mlle Amélie), rue Desaix, 36. **S. A. F.**
612 — Portrait de Mlle Denise L... ; — *pastel.*

Simon (Mme Jeanne-Lucien), rue Cassini, 3 *bis*,
613 — Jeunes filles dans un jardin. **S. N. B. A.**

Tenré (Henry), rue Villejust, 36. **S. A. F.**
614 — Feuilles d'album ; — *dessins.*

Thomas (Paul), rue de l'Abbaye, 6. **S. A. F.**
615 — Femme assise ; — *pastel.*
616 — Profil ; — *pastel.*

Tripet, (feu Louis-Justin), rue de Vaugirard, 199. (Mort pour la France). **S. A. F.**
617 — Portrait du père de l'artiste ; — *dessin.*

Troncet (Antony), rue Platon, 5. **S. A. F.**
618 — Portrait ; — *pastel.*

Vaillant (Pierre-Henri), rue de Bagneux.
619 — Aquarelle. **S. N. B. A.**

Vallet-Bisson, (Mme Frédérique), avenue de Villiers, 72. **S. A. F.**
620 — Portrait d'Odette C... ; — *pastel.*

Viennot (Pierre), à Fontainebleau (Seine-et-Marne), rue de France, 99. **S. A. F.**

621 — Etude de tête ; — *dessin.*

Vignal (Pierre), quai Voltaire, 17. **S. A. F.**

622 — Villa d'Este (Italie) ; — *aquarelle.*
623 — Medersa à Fez (Maroc) ; — *aquarelle.*
624 — Casbah à Fez (Maroc) ; — *aquarelle.*

Vigoureux (Paul-Marie), rue Denfert-Rochereau, 40. **S. A. F.**

625 — Intérieur de la cathédrale d'Arras, 1915 ; — *dessin.*

Warner (Georges), rue Fays, 13, à Saint-Mandé (Seine). **S. A. F.**

626 — Verdun ; — *aquarelle.*

Weismann (Jacques), boulevard Pereire, 11. **S. A. F.**

627 — Portrait de M[r] le capitaine Bouchardon ; — *pastel.*

Zuber (Mme Elise-Anna), rue d'Assas, 70.

628 — Petites roses ; — *aquarelle.* **S. A. F.**

••••••••••••••••

SCULPTURE

Allar (André), membre de l'Institut, rue Trézel, 43. **S.A.F.**

629 — Léda ; — *statue pierre.*
(Appartient à la Comtesse Rœderer).

Aubé (Jean-Paul), décédé. **S.N.B.A.**
Pour la correspondance, rue d'Erlanger, 12.

630 — Buste de la Vicomtesse Hallez (bronze).

Aulnay (Paul-François d'), rue Capron, 35. **S.N.B.A.**

631 — Buste de Jeune femme ; — *bronze cire perdue.*

Bacqué (Daniel), rue du Pot-de-Fer, 9.

632 — Tête d'homme ; — *plâtre.* **S.A.F.**

Baffier (Jean), rue Lebouis, 6 *bis*, **S.A.F.**

633 — Le père Bordier de Goutière.
(L'un des derniers bons géants de cheus nous.
Buste terre cuite, originale.

Ball-Demont (Mme Adrienne), rue de Turin, 33.

634 — La France ; — *statuette bronze.* **S.A.F.**

Bardery (Louis-Armand), rue de la Tombe-Issoire, 35. **S.A.F.**

635 — Baigneuse ; — *statuette marbre.*

Barsotti (André), rue Colas, 16. **S.A.F.**

636 — La Croix ; — *groupe plâtre.*

Bartholomé (Albert), rue Raffet, 1. **S.N.B.A.**

637 — La Tombe d'un soldat (marbre).
(Appartient à Madame la Baronne de L.).

Baucour (René-Albert), rue Falguière, 30.
S.A.F.

638 — L'Etreinte ; — *groupe terre cuite originale.*

Bazin (François), avenue du Maine, 151. **S.A.F.**

639 — Jeune bleu ; — *statuette plâtre.*

Bénet (Eugène-Paul), rue Notre-Dame-des-Champs, 115. **S.A.F.**

640 — Portrait du Docteur Eugène Folley ; — *buste bronze, cire perdue.*

Bertrand (Louis-Auguste-Joseph), avenue de Ségur, 49. **S.A.F.**

641 — Monument funéraire, pour être érigé au cimetière parisien de Bagneux ; — *bas-relief plâtre.*

Bertrand-Boutée (René), rue de Tourlaque, 22.
S.A.F.

642 — Gaulois de Verdun ; — *bas-relief plâtre.*

Bloch (Armand-Lucien), rue Dareau, 6.

643 — Adolescent ; — *buste bois.* **S.A.F.**

Blondat (Max.), rue Mornay, 6. **S.A.F.**

644 — L'Alliance Franco-Italienne ; — *groupe terre cuite.*

Bobin (Georges-Paul), à Colombes (Seine), rue Saint-Denis, 16. **S.A.F.**

645 — Portrait de feu G. Bienvêtu ; — *buste plâtre patiné bronze.*

Boisseau (Emile-André), rue des Volontaires, 16.
S.A.F.

646 — « Aux Défenseurs de la Patrie », projet de monument ; — *haut-relief plâtre.*

Bourdelle (Emile-Antoine), impasse du Maine, 3.
S.N.B.A.

647 — Un jeune sculpteur au travail ; — *plâtre.*

Bourgouin (Eugène), hôpital auxilaire n° 2, à Troyes (Aube). **S.N.B.A.**

648 — Portrait de Madame L.. ; — *buste en pierre.*

Bracquemond (Emile-Louis), rue Amelot, 70.

649 — Buste de ma mère. **S.N.B.A.**

Breton (Charles), rue du Faubourg-Saint-Honoré, 233 *bis.* **S.A.F.**

650 — Le Poète et la Muse ; — *terre cuite.*

Caillau (Fernand), boulevard Flandrin, 94.
S.A.F.

651 — Portrait de Mme J. B... ; — *buste marbre.*

Carli (Auguste-Henri), rue Mathurin-Régnier, 32.

652 — Jeune Sénégalais ; — *buste pierre.* **S.A.F.**

Carlier (Emile-Joseph), villa d'Alésia, 43.

653 — Baigneuse ; — *statuette marbre.* **S.A.F.**

Cartier (Eugène), rue Humboldt, 25.

654 — Vainqueur ; — *groupe bronze.* **S.A.F.**

Cavaillon (Elisée), rue des Volontaires prolongée, 24. **S.N.B.A.**

655 — Buste.

Cazin (Mme Marie), Équihem par Outreau (Pas-de-Calais). **S.N.B.A.**

656 — Terre cuite.

Chardonnet (A. de), place Malhesherbes, 22. **S.A.F.**

657 — S. A. R. le Prince Sixte de Bourbon Parme, officier d'artillerie dans l'armée Belge, décoré de la croix de guerre française; — *buste plâtre patiné.*

Chauvel (Georges), chez M. Montagutelli, avenue du Maine, 54. **S.A.F.**

658 — Portrait du général Mangin; — *buste bronze.*

Clara (José), avenue Malakoff, 30.

659 — Tête de femme. **S.N.B.A.**

660 — Le rythme; — *groupe plâtre.*

Cogné (François), rue de Villersexel, 9. **S.A.F.**

661 — Portrait du général Nivelle: — *buste plâtre patiné.*

662 — Portrait du maréchal Joffre; — *buste plâtre.*
(Appartient à l'Etat).

Contesse (Gaston), cité Falguière, 11. **S.A.F.**

663 — Buste de fillette; — *marbre.*

Cordier (Henri), rue Pierre-Nicole prolongée, 7.

664 — Nymphœa; — *marbre.* **S.A.F.**

Daillion (Horace), rue Denfert-Rochereau, 77. **S.A.F.**

665 — La mousse; — *figure couchée, quartz rose.*
(Appartient à la Ville de Paris.)

Daillion (Mme Palma d'Annunzio), rue Denfert-Rochereau, 77. **S. A. F.**

666 — Jeune Vénitienne du XVe siècle; — *buste quartz rose.*

Dampt (Jean), rue Campagne-Première, 17.

667 — Tête de Bélier; — *pierre.* **S.N.B.A.**

Debacker (Mme Louise-Jeanne-Hortense), place de Rennes, 5. **S.A.F.**

668 — Portrait; — *buste plâtre patiné.*

Debayser (Mme Maguerite), rue Scheffer, 59.

669 — Portrait de Mlle M...; — *buste cire.* **S.A.F.**

De Hérain, rue Véron, 35. **S.N.B.A.**

670 — Buste de jeune fille; — *plâtre.*

Derré (Emile), boulevard de Montmorency, 65, à Montmorency (Seine-et-Oise). **S.A.F.**

671 — L'aïeule; — *buste plâtre.*

Desbois (Jules), boulevard Murat, 89.

672 — Tête de femme; — *marbre.* **S.N.B.A.**

Descatoire (Alexandre), chez Mr Montagutelli, avenue du Maine, 54. **S.A.F.**

673 — Repos aux tranchées; — *statuette bronze.*

674 — Permissionnaire; — *statuette bronze.*

Desruelles (Félix), villa Dupont, 4. **S.A.F.**

675 — Portrait de l'ingénieur Gosserez; — *buste plâtre.*

Doucet (Marguerite), rue Lecourbe, 5. **S.N.B.A.**

676 — Un cadre contenant trois étains; — *portraits.*

Drivier (Léon), rue Guilleminot, 14. **S.N.B.A.**

677 — Buste de la République; — *bronze.*

(Commandé par l'État)

Dubois (Ernest), rue Mansart, 15. **S.A.F.**

678 — Mr l'abbé Wetterlé; — *statuette bronze.*

679 — Le Maréchal de Mac-Mahon; — *statue équestre pour être érigée en bronze à Autun.*

Faivre (Ferdinand), villa d'Alésia, 39. **S.A.F.**

680 — La méditation; — *statuette marbre.*

Favre (Maurice), à Neuilly-sur-Seine, boulevard d'Argenson, 56. **S.A.F.**

681 — Général Maunoury; — *buste marbre.*

682 — Général Niox; — *buste marbre.*

Fix-Masseau, rue de Bruxelles, 30. **S.N.B.A.**

683 — Femme au perroquet; — *esquisse.*

Fossé (Athanase), rue Chevert, 23. **S.A.F.**

684 — Le jeune Emile Desprès, héros de 14 ans de Lourches (Nord); — *bas-relief plâtre.*

Galy (Hyppolyte-Marius), rue Denfert-Rochereau, 87. **S.A.F.**

685 — Douleur; — *statuette marbre.*

Gauquié (Henri), rue Férou, 4. **S.A.F.**

686 — J. P..., tombé au champ d'honneur à Verdun; — *statuette marbre.*

Germain (Albert-Raymond), rue Boissonnade, 16.

687 — Griserie; — *statuette plâtre patiné.* **S.A.F.**

Gras (Jean-Pierre), rue de la Tombe-Issoire, 83. **S.N.B.A.**

688 — Faunesses et Satyres; — *Surtout de table, bronze doré, cire perdue.*

Gréber (Henri), rue Vernier, 6. **S.A.F.**
689 — Portrait de M. Raux, prefet de police; — *buste plâtre.*

Guéniot (Arthur-Joseph), rue Lauriston, 104.
690 — Portrait de Mme G...; — *buste bronze.* **S.A.F.**

Halou (Alfred-Jean), rue Jacquemont, 15.
691 — Femme à genoux: — *bronze.* **S.N.B.A.**

Hannaux (Emmanuel), rue Saint-Simon, 11. **S.A.F.**
692 — Buste de M. l'abbé Wetterlé; — *bronze.*

Houssin (Edouard), rue Denfert-Rochereau, 37.
693 — Portrait de Mlle G. S...; *buste marbre.* **S.A.F.**

Hunt (Cly de Du Vernet), rue Campagne-Première, 17. **S.A.F.**
694 — « Nirvanah »; — *statue marbre.*
695 — Fils de France; — *statue bronze.*

Injalbert (Jean-Antonin), boulevard Arago, 57.
696 — Buste du Maréchal Joffre. **S.N.B.A.**

Iselin (Georges), rue Humboldt, 25. **S.A.F.**
697 — Lanceur de grenades; — *statuette bois exécutée sur le front.*

Joire (Jean), rue Blaise-Desgoffe, 1. **S.A.F.**
698 — Cuirassier 1918; — *groupe bronze.*

Kinsburger (Sylvain), rue Saint-Ferdinand, 22. **S.A.F.**
699 — Le Pinard; — *buste terre cuite, avec socle en marbre.*

Lamourdedieu (Raoul), rue Boileau, 38.
S.N.B.A.

700 — L'Harmonie brisée (Ypres, Reims, etc.); — *plâtre.*

Lauth-Bossert (Mme Aline), à Saint-Germain-en-Laye, rue de Lorraine, 25. **S.A.F.**

701 — Alsace-Lorraine; — *bas-relief bronze.*
(Sera incrusté sur la couverture du Livre d'Or des Alsaciens-Lorrains au Président Wilson.)

Lecourtier (Prosper), rue des Artistes, 36.

702 — Coq Verdun; — *bronze.* **S.A.F.**

Lefebvre (Hippolyte), villa Brune, rue des Plantes, 72. **S.A.F.**

703 — La Fleur de Jessé; — *ivoire.*

Lenoir (André-Albert-Alexandre), rue de Penthièvre, 32. **S.N.B.A.**

704 — Un Champion du Droit; — *statuette plastiline.*

Levasseur (Henri-Louis), villa Alésia, 37.
S.A.F.

705 — Hommage aux Héros; — *marbre et ivoire.*

Leyritz (Léon), rue Denfert-Rochereau, 87.
S.A.F.

706 — Aphrodite anadyomène; — *statuette bois.*

L'Hoest (Eugène), rue des Dames, 27. **S.A.F.**

707 — Portrait de M. Aristide Briand, ancien Président du Conseil; — *statuette bronze.*

Maillard (Auguste), boulevard Malesherbes, 112.
S.A.F.

708 — Portrait du Maréchal Joffre; — *buste, plâtre patiné.*

Marcel-Jacques (Alphonse), rue de l'Abbé-Groult. **S.N.B.A.**

709 — Statuette; — *bronze.*

Mars-Valett (Marius), aux Charmettes (habitation J.-J. Rousseau). **S.N.B.A.**

710 — L'Abandon; — *statue, fragment.*

Maulmont (Marcel de), à Saint-Mandé, avenue Sainte-Marie, 77. **S.A.F.**

711 — Buste; — *bronze sur marbre.*

Mengue (Jean-Marie), avenue du Maine, 54.

712 — « Alsace »; — *buste marbre.* **S.A.F.**

Michelet (Firmin-Marcelin), rue Barrault, 24.
S.A.F.

713 — Portrait de Mme de M...; — *buste pierre.*

Monard (Louis de), rue Froidevaux, 9.
S.N.B.A.

714 — « César », grand bouvier des Flandres; — *bronze.*

(Appartient à M. Louis Van der Heyden, à Hauzeur).

Moncassin (Henri), boulevard St-Jacques, 41.
S.A.F.

715 — « Orphelin », 1914; — *bas-relief bronze.*

Moria (Mlle Blanche), rue des Réservoirs, 4 *bis.*

716 — Jeune Bretonne; — *statuette bois.* **S.A.F.**

Morice (Léon), boulevard Raspail, 278. **S.A.F.**

717 — Femme fuyant l'ennemi; — *statuette bois.*

Morice (Léopold), rue d'Erlanger, 53. **S.A.F.**

718 — Projet de monument aux Artistes français morts pour la Patrie : « La France les admire et les salue »; — *bas-relief plâtre.*

Navellier (Edouard-Félicien-Eugène), boulevard de Vaugirard, 30. **S.A.F.**

719 — Taureau entravé; — *plâtre.*

Nicot (Louis-Henri), passage Alexandre, 11.

720 — Lévrier couché; — *bronze original.* **S.A.F.**

Patriarche (André-Henri). **S.N.B.A.**
(Mort au champ d'honneur.)
Correspondance : M. Patriarche, rue Bara, à Montreuil.

721 — La douleur.

Paulin (Paul), rue de Sèvres, 159.

722 — Rodin; — *buste bronze.* **S.N.B.A.**

Pavie (Jean), boulevard Edgar-Quinet, 68.

723 — Etude de chèvre; — *bronze.* **S.A.F.**

Pernot (Henri), rue du Parc-Montsouris, 12.

724 — Devant l'épave; — *plâtre.* **S.A.F.**

725 — Le petit réfugié; — *marbre.*

Perrault-Harry (Emile), à Neuilly-sur-Seine, boulevard Bourdon, 60. **S.A.F.**

726 — Le chevreau qui danse; — *bronze, cire perdue.*

727 — Fennecks (renards du Sahara); — *bronze.*

Perron (Charles-Théodore), rue Dareau, 6.

728 — Chien sanitaire; — *marbre.* **S.A.F.**

729 — La Vigne; — *plâtre.*

Piffard (Mlle Jeanne), avenue de Wagram, 157.
730 — Panthère ; — *bronze*. **S.A.F.**

Poisson (Pierre-Marie), boulevard Pasteur, 23. **S.N.B.A.**
731 — Petite fille à la chèvre ; — *bronze cire perdue*.

Poupelet (Mlle Jane), rue Dutot, 30. **S.N.B.A.**
732 — Buste d'homme.

Pourquet (Henri-Charles), rue Tourlaque, 22. **S.A.F.**
733 — Le Souvenir ; — *statue destinée au tombeau de Mr E. M. . . .*

Puech (Denys), membre de l'Institut, villa Dupont, 3. **S.A.F.**
734 — Portrait de Mr Dubar ; — *buste marbre*.

Quillivic (René), cité Falguière, 9.
735 — Mère de marin ; — *granit*. **S.N.B.A.**
736 — Figure bretonne ; — *plâtre*.

Quinquaud (Mme Thérèse), à Arcueil, rue des Ecoles, 6. **S.N.B.A.**
737 — Vendeuse au panier.

Ravot (Camille), rue des Morillons, 37. **S.A.F.**
738 — Buste de Jean Jaurès, — *marbre*.

Réal del Sarte, boulevard de Courcelles, 88.
739 — Le premier toit ; — *groupe plâtre*. **S.A.F.**
740 — La marquise de M. M. . ; — *buste terre cuite*.

Richefeu (Charles), rue de l'Amiral-Courbet, 6
741 — Une vitrine contenant : **S.A.F.**
1° L'alerte. — 2° Portrait du docteur X.. — 3° A l'assaut.

Roche (Pierre), rue Vaneau, 25. **S.N.B.A.**

742 — Buste de M. Le Sidaner; — *bronze.*

Roussel (Paul), avenue des Peupliers, 7. **S.A.F.**

743 — Portrait de M. Albert Peyronnet, sénateur de l'Allier; — *statuette plâtre.*

744 — Le Censeur, portrait de M. Vergeot; — *statuette terre cuite patinée.*

Rozet (René-Auguste), rue Aumont-Thiéville, 6.

745 — Sphinx de style Louis XVI; — **S.A.F.** *modèle en plâtre.*

(Amortissement d'une balustrade décorant le perron d'un hôtel privé à Paris).

Sain (Marius), rue Belloni, 7. **S.A.F.**

746 — Permissionnaire du front; — *statuette bronze.*

Sainte-Croix (Mme Camille de) rue du Dragon, 17. **S.N.B.A.**

747 — Un enfant assis.

Saint-Marceaux (René de), décédé; pour la correspondance : Mme de Saint-Marceaux, boulevard Malesherbes, 100. **S.N.B.A.**

748 — La loi de 3 ans; — *plâtre, médaille.*

Serruys (Mlle Yvonne), quai de Bourbon, 15.

749 — Une contemporaine; — *bronze.* **S.N.B.A.**

Seysses (Auguste), rue Bréa, 5. **S.A.F.**

750 — Rêverie au bord de la mer; — *statuette marbre.*

751 — Portrait du Maréchal Sir Douglas Haig; — *statuette équestre plâtre.*

Sicard (François), passage Doisy, 7. **S.A.F.**
752 — Buste de Mr G. Clemenceau, Président du Conseil, Ministre de la guerre; — *bronze, cire perdue.*
(Appartient à M. G. Clemenceau).

Sudre (Raymond), rue d'Assas, 68. **S.A.F.**
753 — Portrait du Maréchal Joffre; — *buste marbre.*
(Offert par la colonie française de Barcelone à la capitale de la Catalogne).
754 — Lauriers de Verdun; — *plâtre.*

Theunissen (Corneille-Henri), avenue des Sycomores, 22, villa Montmorency. **S.A.F.**
755 — Général de Fonclare, commandant le 15e corps; — *buste bronze, cire perdue.*

Thiollier (Mlle Claude-Emma), rue Buisson, 11, à Saint-Etienne (Loire). **S.A.F.**
756 — Paysanne du Forez pendant la guerre; — *statuette bronze.*

Toison (Paul-Louis), rue Poussin, 44.
757 — Femme et enfant. **S.N.B.A.**

Toussaint (Gaston), impasse du Maine, 7 *ter.*
758 — Petite Eve; — *marbre.* **S.N.B.A.**

Vacossin (Georges-Lucien), rue Barrault, 24.
759 — « Trois chiots »; — *groupe bronze.* **S.A.F.**

Vallette (Henri), E. M. S. P. 19, aux armées. **S.N.B.A.**
760 — Poilu; — *bronze* (exécuté au front).

Vannier (Paul), rue Lepic, 25. **S.N.B.A.**
761 — Homme malade; — *bronze, esquisse, cire perdue.*

Vernhes (Henri-Edouard), boulevard Excelmans, 125. **S.N.B.A.**

762 — Au village ; — *buste, terre émaillée.*

Vigoureux (Pierre), boulevard St-Jacques, 16 *bis*.

763 — « 2 août 1914 » ; — *statuette marbre.* **S.A.F.**

Villeneuve (Jacques-Louis-Robert), avenue de Saxe, 59 **S.A.F.**

764 — « La victoire de la Marne » ; — *groupe plâtre.*

Wasley (Léon-John). **S.N.B.A.**
(Mort au Champ d'Honneur). Pour la correspondance : Mme Wasley, 13, rue Girardon.

765 — Femme accroupie.

GRAVURE

EN MÉDAILLES ET SUR PIERRES FINES

Alloy (Léonce), rue de Vaugirard, 91. **S.A.F.**

766 — Un cadre de plaquettes et médailles;

1. « La France se souvient » plaquette aux morts pour la Patrie. — 2. Projet de médaille aux Infirmières militaires. 3. Portrait de Mr Albert Quiquet, actuaire.

Bargas (Edmond), rue Visconti, 14. **S.A.F.**

767 — Un cadre contenant :

1. « Les orphelins », plaquette. — 2. Portrait de Mme M. S... — 3. Portrait de Mlle Dourga Indoux, (danseuse à l'Opéra-Comique).

Barillet (Louis), adjudant, D.P.T.A. S. P., 92.

768 — Un cadre contenant : **S.A.F.**

1. Médaille du capitaine pilote Mutel; — *bronze*. — 2. Médaille du capitaine pilote Guynemer; — *bronze*. — Face et revers.

Bertrand (Mlle Charlotte-Émilie), rue de Buffon, 29.

769 — Un cadre contenant : **S.A.F.**

1. Chien sanitaire trouvant un blessé. — 2. Le Lion de la Marne, de l'Yser, de Verdun et de la Somme.

Boisseau (Emile-André), rue des Volontaires, 16.

770 — Un cadre conteant : **S.A.F.**

1. « La défense du foyer » ; — *plaquette bronze face et revers*. — 2. « Hommage aux artistes morts pour la France »; — *projet de plaquette face et revers*; — *plâtre*.

Breton (Charles), rue du Faubourg-Saint-Honoré, 233 *bis*. **S.A.F.**

771 — Portait de Mlle T... ; — *plaquette terre cuite*.

772 — Portrait de Mr Beauvois-Devaux; — *plaquette*.

Costa (Joaquim), boulevard Saint-Jacques, 16 *bis*.
S. A. F.

773 — Portraitt du général Hirschauer; — *médaille bronze, cire perdue.*

Debry (Mlle Sophie), à Courbevoie (Seine), boulevard Saint-Denis, 272. **S. A. F.**

774 — Portrait de Mlle Y. Balle; — *médaillon plâtre.*

Delpech (Jean), Avenue de Saint-Ouen, 24.

775 — Les saisons; — *bas-relief bronze.* **S. A. F.**

Doisy (Charles-Joseph-Victor), Au Chesnay, (Seine-et-Oise), rue Chevreul, 4. **S. A. F.**

776 — Un cadre contenant :
Plaquettes et médailles ; — *plâtre.*

Doumenc (Eugène-Baptiste), rue des Archives, 84.

777 — Un cadre contenant : **S. A. F.**
Deux plaquettes ; — *plâtre.* — Quatre médaillons (portraits exécutés sur le front).

Fraisse (Edouard), rue du Caire, 36. **S. A. F.**

778 — Un cadre contenant :
1. Paix et Victoire. — 2. Aux Morts pour la Patrie, face et revers. — 3. Capitaine Duhamel, face et revers. — 4 Médecin principal de 1re classe Castex, offert par les blessés de la 1re division de Villemin; — *médailles bronze.*

Guilbert (Charles), avenue Parmentier, 127.

779 — Un cadre contenant : **S. A. F.**
1. Gloire aux vainqueurs; — *bronze.* — 2. Gallia ; — *bronze.* — 3. Jehanne d'Arc ; — *bronze.* — 4. Génie de l'Air ; — *médaille pour les aviateurs.* — 5. Notre-Dame de la mer ; — *médaille pour les marins.*

Hanin (Mme Jeanne), boulevard Raspail, 66.
S. A. F.

780 — La petite réfugiée ; — *médaille bronze.*

La Fleur (Abel), rue Saint-Didier, 50. **S.A.F.**

781 — Un cadre de médailles et plaquettes.

Lebarque (Albert), à Aulnay-sous-Bois (Seine-et-Oise), avenue Jeanne-d'Arc, 24. **S.A.F.**

782 — Un cadre contenant : une plaquette plâtre et trois plaquettes galvano.

Lechevrel (Alphonse-Eugène), place du Marché-Saint-Honoré, 26. **S.A.F.**

783 — Un cadre contenant : Dix projets de médailles, face et revers ; — *modèles originaux.*

Legastelois (Jules-Prosper), rue Guénégaud, 17

784 — Un cadre contenant : **S.A.F.**

Plaquettes et médailles, face et revers :

Adolphe Carnot. — Marcel Dubois. — A la Gloire des Alliés. — Joffre Généralissime. — Président Wilson. — Journée Catalane. — Joffre Généralissime. — Lord Kitchener. — Président Wilson. — La Bataille de la Marne. — Général Maunoury. — Pégoud. — Cardinal Mercier.

Lemaire (feu Georges-Henri). **S.A.F.**

785 — « Dante ».

786 — « Immortalité ».

Mérignac (Mme Ernesta-Robert), rue Monsieur-le-Prince, 26. **S.A.F.**

787 — Un cadre contenant :

Le généralissime Joffre ; — *médaille bronze.* — A nos héros ; — *plaquette bronze.* — Au plus vaillant ; — *plaquette argent.* — Suite des « Coiffes de France » : Alsacienne, avers Le Lion de Belfort. — Lorraine, revers, la cathédrale de Metz. — Portrait de Mme Ménant-Lyautey, etc.

Mouroux (Mme Annie), rue de Lyon, 43.

788 — Un cadre contenant : **S.A.F.**

« Gloria Immortalis », — « Pro Patria ». — « Vivant Souvenir », revers : « Pour la Patrie ». « Glorieux Calvaire », de l'Alsace à l'Yser. Médaille des Anciens Elèves de l'Ecole des Arts et Métiers La Marraine de Guerre, et revers.

Patriarche (Louis), rue de Vaugirard, 167. **S.A.F.**

789 — Portrait du général Guillaumat. — Verdun 1917 ; — *médaillons plâtre.*

Philippart-Champeil (Mme Odile), r. Scheffer, 22.

790 — Vieux Charles ; — *médaillon plâtre.* **S.A.F.**

Pillet (Charles), boulevard Edgard-Quinet, 18.

791 — Un cadre contenant : **S.A.F.**

1. Portrait de Mr Alfred de Foville, membre de l'Académie des Sciences Morales et Politiques (1842-1913) ; — *médaillon bronze.* — 2. « Aux héros de Verdun » ; — *médaille bronze.*

Pommier (Albert-Jean), rue de Vaugirard, 93.

792 — Un cadre contenant : **S.A.F.**

Cinq plaquettes et trois médailles.

793 — Un cadre contenant quatre médailles.

Roques (François-Jules-Alexandre), 6, rue du Moulin-Vert. **S.N.B.A.**

794 — Un cadre contenant des médailles.

Stritt (Louis), avenue Parmentier, 51. **S.A.F.**

795 — Bruges ; — *plaquette bronze.*

Vernier (Emile-Séraphin), rue Joseh-Bara, 5 *bis.* **S.N.B.A.**

796 — Dans un cadre : Cinq médailles ou plaquettes-portraits.

....

ARCHITECTURE

Anselmi (Nicolas), à Nice (Alpes-Maritimes), rue Verdi, 9. **S A.F.**

797 — Projet de ferme pour la région du Nord de la France.

Arfvidson (André), à Nantes (Loire-Inférieure), rue de la Fosse, 2. **S.A.F.**

798 — Projet d'une maison de l'artisan du village, dans la plaine, en Alsace.

(En collaboration avec MM. BASSOMPIERRE (Joseph) et RUTTÉ (Paul de).

Bailly (Pierre), à Versailles (Seine-et-Oise), rue des Chantiers, 40. **S.A F.**

799 — Eglise de Villers-au-Bois (Pas-de-Calais) ; *dessin à la plume.*

800 Eglise de Marquivilliers (Somme) ; — *deux dessins à la plume.*

801 — Ancien Hôtel de Ville de Fismes (Marne) ; — *dessin à la plume.*

Barbotin (Jacques-Lucien), à Limoges, sergent, direction du Service de Santé. **S.A.F.**

802 — Projet de cabaret-auberge pour la région du nord de la France.

Baron (Adrien), rue de Feuillantines, 10. **S.A.F.**

803 — Projet de cabaret-auberge pour la région du nord de la France.

Bassompierre (Joseph), avenue des Sycomores, 18 *ter*. **S.A.F.**

Projet d'une maison de l'artisan du village, dans la plaine, en Alsace.

(En collaboration avec MM. ARFVIDSON (André), et RUTTÉ (Paul de).

Berthe (Louis-Maurice), rue du Faubourg-Saint-Martin, 237. **S.A.F.**

804 — Intérieur de chapelle, à Crécy (Seine-et-Marne); — aquarelle.

Bois (Émile), rue Caulaincourt, 22. **S.A.F.**

805 — Projet d'une maison de commerce et d'habitation pour la région des Vosges.

Bonnier (Jacques), rue de Liège, 31. **S.A.F.**

806 — Projet de ferme de moyenne importance, pour un village du Nord de la France.

Bourgueret (Paul), Section topographique, Secteur postal 175. **S.A.F.**

807 — Château d'Esnes (Meuse), cote 304.

Brachet (Loÿs), rue de l'Université, 141. **S.N.B.A.**

808 — Rendez-vous de chasse, en Sologne.

Bray (Albert-Louis), quai des Grands-Augustins, 53 *bis*. **S.A.F.**

809 — Projet de cabaret-auberge pour la région du Nord de la France.

Brulé (Frédéric-Dominique-Jean), rue Juliette-Lamber, 1. **S.A.F.**

810 — Projet de ferme de moyenne importance, pour un village du Nord de la France.

Cantelou (Jean-Collet de), rue Nollet, 68. **S.A.F.**

811 — Ruines des Arènes de Vicence; — *aquarelle.*

Chaussemiche (François-Benjamin), au Palais de Versailles (Seine-et-Oise). **S.A.F.**

812 — Projet de reconstruction de l'aile de la cour des Princes, au château de Versailles.

Chaussepied (Charles), à Quimper (Finistère), rue du Couëdic. **S.A.F.**

813 — Avant-projet de Chapelle commémorative à élever sur le Mont-Saint-Michel, de Brasparts, aux Héros bretons morts pour la Patrie.

Chedanne (Georges-Paul), avenue Wagram, 121.

814 — Rome au IVe siècle (*Le Cœlius*). **S.A.F.**

Cochepain (André-Jean-Henri), rue Basse-Saint-Michel. **S.N.B.A.**

815 — Reconstruction d'un village Meusien : « L'Église et la cure ».

Débat (Félix), rue de la Cerisaie, 24. **S.A.F.**

816 — Projet d'un « Autel à la Patrie » à ériger sur le champ de bataille de la Marne.

817 — A leur mémoire glorieuse : — *reliquaire et stèles.*

(En collaboration avec M. J. MAGROU, statuaire.)

Dervaux (Adolphe), rue de Dunkerque, 22.

818 — Gare de Rouen. **S.N.B.A.**

Despeyroux (Pierre-Paul), à Montpellier (Hérault), rue Mareschal, 22. **S.A.F.**

819 — Projet de maison d'un artisan pour un village du Nord de la France.

Eschbaecher (André), rue de Maubeuge, 84. **S.A.F.**

820 — Projet d'une maison de l'artisan du village, dans la plaine, en Alsace.

Fournier, rue Mirabeau, 17. **S.A.F.**

Projet de maison pour ouvrier d'usine habitant un village du nord de la France.

(En collaboration avec M. GOUPIL (Gaston-Pierre)

Gelin (Octave), adjudant, 1er génie, direction du Génie des Etapes. S. postal 5. **S.A.F.**

821 — Projet de ferme de moyenne culture pour la région de la Champagne.

Gélis (Paul), rue de Lancry, 13. **S.A.F.**

822 — Projet de maison d'un ouvrier agricole pour la région des Vosges.

Gérard (J.-Paul), avenue Sainte-Marie, 30, à Saint-Mandé (Seine). **S.N.B.A.**

823 — Etude; — *peinture à l'eau.*

Gervais (Maurice), à Issy (Seine), rue de l'Égalité, 2. **S.A.F.**

824 — Eglise Saint Eloi, à Dunkerque; — *dessin.*

825 — Bouchoir (Somme); — *dessin.*

Goubert (Alphonse-Michel), rue Manine, 87. **S.N.B.A.**

826 — Etude d'un dôme à la jonction de galeries d'exposition.

Goupil (Gaston-Pierre), 31e Cie d'aérostiers, Secteur postal 181. **S.A.F.**

827 — Projet de maison pour ouvrier d'usine habitant un village du Nord de la France. (En collaboration avec M. FOURNIER.)

Gouverneur (Maurice), rue de la Voûte, 14. **S.A.F.**

828 — Relevé du portail latéral de l'église Saint-Nicolas-des-Champs, à Paris.

Gras (Maurice), quai Voltaire, 3. **S.A.F.**

829 — Palais du Gouvernement de l'Etat de Rio Grande do Sul, exécuté à Porto-Alègre (Brésil).

Guéritte (Armand-Constant), au Château de Versailles (Seine-et-Oise). **S.A.F.**

830 — Croquis de route; fragments d'architecture; — *dessinés sur le front.*

831 — Le château de Ham (Somme), détruit par les Allemands. *Eaux-fortes exécutées sur place.*

832 — Le château de Plessier-de-Roye (Oise) et région de l'Oise.

Eaux-fortes exécutées sur front.

Guilbert (Albert), à Viroflay (Seine-et-Oise), avenue Marguerite, 1. **S.A.F.**

833 — Gare de Marseille.

Guillaume-Henri (Charles-Bernard), rue Jean-Bart, 3. **S.A.F.**

834 — Le vieux Lavoir; — *aquarelle.*

835 — A la fontaine; — *aquarelle.*

Guillemonat (Gabriel-Marie-Gilbert), 7, rue de Naples. **S.N.B.A.**

836 — Monument à la gloire des héros morts pour la Patrie.

Jankowski (B. de), sergent-major, 1er chasseur polonais, 9e Cie S.P. 28. **S.A.F.**

837 — Projet d'une petite maison de paysan sur route entre murs mitoyens, pour la région des Vosges.

Lambert (Marcel), rue Chernovitz, 1 **S.A.F.**

838 — Intérieur de la Chapelle du château de Versailles; — *aquarelle.*

839 — Jeu des eaux de la Cascade ou Buffet de Mansart (Trianon); — *aquarelle.*

Lambert (G.-O.), rue des Beaux-Arts, 11. **S.A.F.**

840 — Projet d'une auberge de village dans la montagne en Alsace.

Lambert (Théodore), rue Bonaparte, 7.
S.N.B.A.

841 — Une lampe électrique avec écran agate et corne.

Leprince-Ringuet (Pierre), capitaine d'État-major, E. M. A. D. secteur postal 72. **S.A.F.**

842 — Projet de ferme de moyenne culture pour la région des Vosges.

Levard (Alfred), rue de Verneuil, 47. **S.A.F.**

843 — Projet d'habitation du propriétaire rural dans la région de la Champagne.

Maier (Saps.), rue Michel-Ange, 129. **S.A.F.**

844 — Projet d'habitation d'un petit propriétaire rural pour un village du nord de la France.

Martineau (Maurice-Charles). **S.A.F.**

845 — Trois aquarelles d'Italie; — sept aquarelles de France.

Mewès (Charles-Edouard), boulevard des Invalides, 36. **S.A.F.**

846 — Un château en Bretagne.

Midy (Gabriel-Jules), à Montauban (Haute-Garonne), avenue Gambetta, 44. **S.A.F.**

847 — Projet de ferme de moyenne culture en Champagne.

Mulard (Maurice), rue Saint-Jacques, 312.
S.A.F.

848 — Tour romane et cloître à Tréguier.

Patouillard-Demoriane (René), rue Bonaparte, 11. **S.A.F.**

849 — Immeuble pour banque et bureaux; — *plan et maquette en plâtre.*

Patout (Pierre), boulevard Victor, 19.
S.A.F.

850 — Projet de maison d'un artisan pour un village du nord de la France.

Patout (Pierre), boulevard Victor, 19.
S.N.B.A.

851 — Atelier de camouflage; — *aquarelle.*

Polti (Julien), villa d'Alésia. **S.N.B.A.**

852 — Magasin de nouveautés dans la région du Nord.

Provençal (Henry), rue d'Auteuil, 52.

853 — Monument à la Mort. **S.N.B.A**

Rutté (Paul de), rue des Saints-Pères, 7 *bis.*
S.A.F.

Projet d'une maison de l'artisan du village, dans la plaine, en Alsace.

(En collaboration avec MM. ARFVIDSON (André) et BASSOMPIERRE (Joseph).

Sardou (Pierre), avenue de la Grande-Armée, 27.
S.A.F.

854 — Projet d'habitation d'un ouvrier agricole ou d'un petit propriétaire rural en Champagne.

Sénéchal (Adrien), quai des Grands-Augustins, 37. **S.A.F.**

855 — La cathédrale de Reims et la basilique de Saint-Rémy, avant et pendant la guerre.

Solotareff (Marc), avenue Gambetta, 6, à Choisy-le-Roi (Seine). **S.A.F.**

856 — Projet de ferme pour la région du Nord de la France.

Sorel (Louis), rue Condorcet, 40.

857 — Villa à Reims. **S.N.B.A.**

Stein (René-Maurice), Etat-Major 1re armée, cartographie, S. P., 160 **S.A.F.**

858 — Projet d'une petite maison de paysan, sur route, entre murs mitoyens, pour la région des Vosges.

Storez (Maurice-Augustin), Verneuil-sur-Avre (Eure). **S.N.B.A.**

859 — Une maison dans le Midi.

Tissier (Paul), boulevard Raspail, 220. **S.A.F.**

860 — Projet de ferme de moyenne culture pour la région des Vosges.

861 — Projet de ferme de petite culture pour la région des Vosges.

Turin (Albert), rue Rodier, 16. **S.A.F.**

862 — Projet d'une maison d'un petit commerçant pour un village industriel du nord de la France.

Umbdenstock (Gustave), rue Bonaparte, 21. **S.A.F.**

863 — Projet d'habitation d'un artisan forestier avec une petite scierie attenante, pour la région de l'Alsace.

Vorin (Paul), rue du Cherche-Midi, 4 *ter*. **S.N.B.A.**

864 — Une habitation de plaisance.

....

GRAVURE ET LITHOGRAPHIE

Alleaume (Ludovic), boulevard St-Germain, 80.
865 — « Doux propos » ; — *lithographie*. **S.A.F.**

Amédée-Wetter (Henri) rue Lepic, 61.
866 — Le roi. **S.N.B.A.**

Balande (Gaston), boulevard Arago, 65. **S.A.F.**
867 — Tolède, porte Saint-Martin : — *eau-forte*.
868 — Le pinard ; — *eau-forte*.

Barrière (Georges), section de camouflage, à Nancy. **S.A.F.**
869 — Sept eaux-fortes :

1. L'agent de liaison. — 2. Le relève — 3. Soir d'attaque en Champagne. — 4. Le masque Tambutin. — 5. Sentinelle dans les ruines de Prosnes. — 6. Les guetteurs. — 7. Pépères en Alsace

Baudier (Paul), rue du Parc, 13, à Gentilly (Seine). **S.A.F.**
870 — Au camp de prisonniers de Seune, Westphalie (Allemagne) ; — *sept gravures bois originales*.

Bazin (Léon), avenue du Maine, 151. **S.A.F.**
871 — Portrait du Cardinal Mercier ; — *bois original*.

Beaufrère (Adolphe), aux armées, Q. G. du C. A., section topographique, S. P. 151.
872 — Fuite en Egypte. **S.N.B.A.**

Béjot (Eugène), quai de la Mégisserie, 8.
873 — Le pont Marie (Paris). **S.N.B.A.**

Beltrand (Jacques), boulevard Pasteur, 69.
874 — Le vieil arbre. **S.N.B.A.**

Bessé (Albert), rue de la Convention, 168. **S.A.F.**
875 — Portrait de M. le médecin inspecteur général Mignon, d'après Hortense Richard ; — *burin*.

Borrel (François-Marius) avenue Malakoff, 30.
S.A.F.

876 — Croquis d'après nature ; — *eaux-fortes.*

Boucart (Gaston-Hippolyte-Ambroise), rue Leneveux, 7. **S.A.F.**

877 — La cathédrale de Reims, état actuel; — *lithographie.*

Bouchery (Omer), avenue d'Orléans, 62.

878 — Deux gravures au burin : **S.A.F.**

1. L'église et la rue Sainte-Catherine à Lille. — 2. Notre-Dame-de-la-Treille, patronne de Lille.

879 — Lille sous la domination Espagnole.

La Bourse construite en 1652 d'après les plans de Julien Destré, ingénieur et architecte lillois, maître des œuvres de la ville depuis 1642.

Le 6 décembre 1657, Don Juan, gouverneur des Pays-Bas, envoyé du roi Philippe IV passe en revue les compagnies bourgeoises réunies sur la place.

La remorque représente la chapelle des Ardents,

Eau-forte originale.

Bouisset (Firmin-Etienne-Maurice), rue Boussingault, 54. **S.A.F.**

880 — L'Angélus sur le front — *lithographie originale.*

881 — Le foyer; — *lithographie originale.*

882 — « Kultur »; — *lithographie originale* (épreuve et pierre).

Bouroux (Paul-Adrien), rue Denfert-Rochereau, 40. **S.A.F.**

883 — Verdun. — Reims; — *eaux-fortes originales.*

Brunet-Debaines (Louis-Alfred), avenue Beauregard (les Pervenches), à Hyères (Var).

884 — Quatre eaux-fortes originales : **S.A.F.**

1. La rue du Jour à Paris, Saint-Eustache et l'ancien hôtel Royaumont, résidence du Maréchal de Luxembourg. — 2. Vernonnet (Eure). — 3. Saint-Etienne-du-Mont et le Panthéon. — 4. Le donjon Semur-en-Auxois.

Chimot (Edouard), rue Saint-Georges, 50.

885 — La mort d'un brave. **S.N.B.A.**

Clement (Charles-Julien), boulevard du Montparnasse, 106. **S.A.F.**

886 — Six gravures sur bois : Cinq gravures d'après Tony-Georges ROUX, pour l'illustration de Beaudelaire. — Une gravure d'après L. JONAS pour le Livre d'Or des artistes graveurs et dessinateurs sur bois, « *Nos artistes contre les barbares* ».

Cluzeau (Pierre-Antoine), avenue de l'Etoile, 21, au Parc-Saint-Maur (Seine). **S.A.F.**

887 — Tours Notre-Dame de Paris vues du transept nord ; — *eau-forte originale*.

Colin (Paul-Emile), Bourg-la-Reine (Seine).

888 — Notre Metz. **S.N.B.A.**

Coussens (Henri-Armand), Nimes, place Questel, 4. **S.N.B.A.**

889 — Retour du Marché (Provence).

Dallemagne (Aimé-Edmond), rue d'Assas, 35.

890 — Jubé de l'église de la Madeleine à Troyes; — *eau-forte originale*. **S.A.F.**

Damagnez (Paul), boulevard du Montparnasse, 141.

891 — La rue haute à Morlaix, par clair de lune; — *eau-forte originale*. **S.A.F.**

Darcy (Georges-Edmond), section de camouflage, à Nancy **S.A.F.**

892 — Cimetière de Marre; — *bois*.
893 — Église de Marre; — *bois*.

Decisy (Eugène), rue Steinkerque, 2.

894 — Le Cuistot. **S.N.B.A.**

Delzers (Antonin), rue Saint-Jacques, 344. **S.A.F.**

895 — Intérieur paysan en Gascogne; — *burin*.

Desgranges (Guillaume-Jacques-François), à Coutances (Manche), rue de la Verjusière, 27. **S.A.F.**

896 — Profil de jeune femme; — *lithographie originale.*

Dété (Eugène), rue Séguier, 2. **S.A.F.**

897 — Deux gravures sur bois, d'après Mr Lucien Jonas.

898 — Les savants, d'après Mr Lucien Jonas; — *bois.*

899 — D'après Mr Lucien Jonas; (*bois et épreuve*).

Diault (Félix-Louis), rue de Vanves, 195 *bis.* **S.A.F.**

900 — Extrait de mes carnets de campagne 1914-1917; — *lithographies.*

Delâtre (Eugène), rue Lepic, 87. **S.N.B.A.**

901 — Journée d'hiver.

Dufour (Jean-Jules), rue Saint-Louis-en-L'Ile, 10. **S.A.F.**

902 — Quatre gravures sur bois, originales :

Types de prisonniers français, tirailleur algérien, cosaque, russe.

Dutertre (Victor), rue du Montparnasse, 42.

903 — Évocation de Beethoven, d'après Lévy Dhurmer; — *bois.* **S.A.F.**

904 — Américan-Ambulance, Paris-Neuilly; — *bois.*

Féau (Amédée), rue Raffet, 27. **S.A.F.**

905 — La rivière de Quimperlé (Bretagne); — *eau-forte.*

Feuilloux (Mme Camille), rue d'Angoulême, 22.

906 — Vieille église de Morcote, lac de Lugano; — *eau-forte originale.* **S.A.F.**

Fritel (Pierre), rue Mouton-Duvernet, 63.
907 — L'âme de la France ; — *burin*. **S.A.F.**

Froment (Eugène), à Fontenay-aux-Roses (Seine), rue de la Redoute, 3. **S.A.F.**
908 — Tête de mineur (étude) ; — *bois*.

Garnot (Mme Lucy), rue Piat, 25 **S.A.F.**
909 — Thann (Alsace) ; — *eau-forte*.

Gaudon (Victor), rue Monge, 78. **S.A.F.**
910 — Les amateurs de peinture d'après Meissonier ; — *bois*.

Gautier (Alexandre-Lucien), rue du Commandeur, 25. **S.A.F.**
911 — Portrait du commandant J. Vagnair, homme de lettres ; — *eau-forte*.

Gautier (Lucien-Marcellin), villa Brune, 3.
912 — Trois eaux-fortes. **S.A.F.**

1. Bab el Mansou Mecknés. — 2. La Tour Hassan, Rabat. — Bab-Guissa, Fez.

(Triptyque appartenant à M^r^ le général Lyautey, Résident général du Maroc).

Guéritte (Armand-Constant), à Versailles (Seine-et-Oise), au Château. **S.A.F.**
913 — Neuf eaux-fortes exécutées sur le front.

Gusman (Pierre), boulevard Edgar-Quinet, 22. **S.N.B.A.**
914 — Hommage au Président Wilson.

Henri-Bouchot (Mlle Jacqueline), rue d'Alençon, 3. **S.A.F.**
915 — Miss Édith Cavell ; — *lithographie originale*.

Huvey (Louis), rue de Maistre, 25. **S.A.F.**
916 — « Elle attend », d'après le tableau de J.-J. Henner, offert à Gambetta en 1871 par les dames de Mulhouse ; — *lithographie*.

Jacob-Bazin (Mme Marguerite-Jeanne), avenue du Maine, 151. **S.A.F.**

917 — François Ier, d'après Bonington, musée du Louvre; — *bois.*

Jamas (Abel), rue Bezout, 40. **S.A.F.**

918 — Le Sourire de Reims; — *burin.*

Jonas (Lucien), rue Cothenet, 1. **S.A.F.**

919 — Les grands blessés ou le refuge; — *lithographie.*

920 — Les Rapatriés; — *lithographie.*

921 — « Ils me les ont tous tués »; — *lithographie.*

Jouas (Charles), cour de Rohan, 3 *bis.*

922 — Notre-Dame de Paris. **S.N.B.A.**

Kayser (Edmond), rue Furstemberg, 6.

923 — Eau-forte. **S.N.B.A.**

Laguillermie (Frédéric-Auguste), Membre de l'Institut, rue Robert-Estienne, 4. **S.A.F.**

924 — Portrait de M. Jules Cambon, ambassadeur de France, d'après Gabriel Ferrier; — *eau-forte.*

925 — Benvenuto Cellini; — *trois eaux-fortes originales.*

926 — Portrait de M. Léon Bonnat: — *eau-forte (cuivre et épreuve).*

Lambert (Maurice de), rue Vintimille, 22. **S.N.B.A.**

927 — La Fontaine d'Argent (Aix-en-Provence).

Laurens (Pierre), Blonay, châlet 8, à Vaud (Suisse). **S.A.F.**

928 — Le Typhus. — La Schlague; — *lithographies.*

929 — Le prisonnier musulman. — Prisonniers russes; — : *lithographies.*

Léandre (Charles-Lucien), rue de Rome, 157.

930 — La guerre et la paix ; — *lithographie rehaussée.* **S.A.F.**

931 — Les premières victimes des barbares ; — *lithographie rehaussée.*

932 — Les enfants héroïques ; — *lithographie.*

Leheutre (Gustave), rue de la Tour-d'Auvergne, 41. **S.N.B.A.**

933 — La Cathédrale de Chartres.

Le Meilleur (Georges), boulevard Berthier, 31. **S.N.B.A.**

934 — Vue générale du Petit-Andely.

Léon (Edouard), rue Vercingétorix, 6. **S.A.F.**

935 — Cinq eaux-fortes originales :

1. Beffroi à Arras. — 2. Rue de la Madeleine et des Récollets. — La tranchée à Arras. — 4. La tombe du poilu. — 5. L'attente dans la tranchée au matin.

Lepère (Auguste), rue de Vaugirard, 203. **S.N.B.A.**

936 — La croix de bois ; — *eau-forte.*

Lerondeau (André), rue des Jeûneurs, 29. **S.A.F.**

937 — La Chula, d'après M. Jean Sala ; — *bois.*

Levron (Maurice-Joseph-Marie), boulevard Saint-Marcel, 92. **S.A.F.**

938 — L'église d'Heiltz-le-Maurupt ; — *eau-forte.*

Lunois (Alexandre), décédé, rue de Poissy, 1. Pour la correspondance : Mme Lunois.

939 — Prière dans les ruines. **S.N.B.A.**

Marret (Henri), rue Chaptal, 28. **S.N.B.A.**

940 — Prisonniers (ravin de la Caillette).

Meunier (Henri), à Meudon, rue de la République, 17. **S.N.B.A.**

941 — Paysage d'avril.

Mignon (Abel), boulevard du Montparnasse, 166. **S.A.F.**

942 — Le Fleuve Scamandre d'après Boucher ; — *burin et eau-forte.*

943 — La neige ; — *eau-forte en couleur.*

Mouret (Pierre-Paul), rue Le Regrattier, 28.

944 — Les halles d'Ypres ; — *eau-forte.* **S.A.F.**

945 — La cathédrale de Reims ; *eau-forte.*

Neumont (Maurice), place du Calvaire, 1. **S.A.F.**

946 — Sa majesté « La Ruine » ; — *lithographie originale.*

947 — Un enterrement de 1re classe « La Famille » ; — *lithographie originale.*

Pénat (Lucien), rue Monsieur, 5. **S.A.F.**

948 — Portrait de l'auteur ; — *burin.*

Perrichon (Jules-Léon), avenue de Suffren, 166. **S.N.B.A.**

949 — Plusieurs bois gravés pour la décoration du « Cœur Innombrable » de Mme de Noailles.

Pontoy (Henry), rue La Bruyère, 46. **S.A.F.**

950 — Intérieur de la cathédrale de Reims ; — *eau-forte.*

Prost (Gaston), rue de Rennes, 62. **S.A.F.**

951 — Intérieur de l'hôpital auxiliaire de Luxeuil-les-Bains ; — *eau-forte originale.*

Prouvé (Victor), rue Denfert-Rochereau, 102.

952 — Portraits (manière noire). **S.N.B.A.**

Redon (Georges), rue Nollet. 63. **S.A.F.**

953 — La prière ; — *lithographie.*

954 — « V'là not poilu » ; — *lithographie.*

Renouard (Paul), rue de l'Arbre-Sec, 46.

955 — Les premiers déprédateurs. **S.N.B.A.**

Richard (Robert), rue Gerbert, 17. **S.A.F.**

956 — Trois gravures sur bois *originales*

Robbe (Manuel), 12 rue Fannet. **S.N.B.A.**

957 — Le vieux pont.

Ruet (Louis-Valère), rue des Fossés-Saint-Bernard, 22. **S.A.F.**

958 — En reconnaissance d'après Meissonier ;— *eau-forte.*

Ruffe (Léon-Henri), rue Estienne-Robert, 4. **S.A.F.**

959 — Portrait du peintre Harpignies, d'après un tableau de l'auteur ; — *bois original.*

Schmied (François-Louis), rue Friant, 12.

960 — La Gerbe. **S.N.B.A.**

Séguin (Fortuné-Armand), rue du Cardinal-Lemoine, 14. **S.A.F.**

961 — Dans la cathédrale de Soissons, aux armées, juillet 1917 ; — *eau-forte en couleur.*

Serres (Raoul), rue du faubourg Saint-Honoré, 237. **S.A.F.**

962 — Plaquette commémorative pour la 68e Division ; — *eau-forte.*

963 — Reims, le Christ de l'église Saint-André ; — *eau-forte.*

Smachtens (Charles), rue Friant, 15. **S.A.F.**

964 — Le Clairon de Douaumont; — *bois.*

Tinayre (Jean-Julien), à la Clairière Grosrouvre (Seine-et-Oise). **S.A.F.**

965 — Six eaux-fortes originales :

1. Vue de la cathédrale de Soissons.— 2. impasse à Soissons.— 3. Maisons incendiées à Soissons. 4. Ferme de Confrécourt. — 5. Eglise de Fontenoy. — Ferme de Confrécourt.

Toupey (Alexandre), rue Émile-Dubois, 6 *bis*.

966 — Deux lithographies originales : **S.A.F.**

1. Une partie de cartes (Buttes-aux-Cailles, Paris. XIIIe). — 2. Ramasseurs de débris (Buttes-aux-Cailles, Paris, XIIIe).

Trilleau (Gaston), 4e Régt de marche de Zouaves, 19e Cie S.P., 131. **S.N.B.A.**

967 — Portrait de Mlle F.

Trinquier (Louis), à Clamart (Seine), rue de Saint-Cloud, 9. **S.A.F.**

968 — « Lausanne de jadis », 24 janvier 1798. Proclamation de la République Lémanique; — *eau-forte originale.*

Valère-Bernard, à Marseille, quai de Rive-Neuve, 15. **S.N.B.A.**

969 — Boutiques de Chiffonniers.

Vergésarrat (Henri), Graville (Seine-Inférieure). **S.N.B.A.**

970 — Emplacement de l'Hôtel-Dieu, vu de Notre-Dame.

....

ARTS APPLIQUÉS

. **Avenard** (Etienne), rue du Val-de-Grâce, 1.
S.N.B.A.

971 — Sous vitrine : vases et coupes ; — *faïence décorée.*

Berthelot (Jeanne), quai Voltaire, 15.

972 — Coussin broderie. **S.N.B.A.**

Bigot (Raymond), « La Hulotte », côte de Grâce, Honfleur (Calvados). **S.N.B.A.**

973 — Oiseaux.

Brateau (Jules-Paul), rue de Rochechouart, 66.

974 — Coupe étain. **S.N.B.A.**

Brindeau de Jarny (Paul-Louis), boulevard de Clichy, 34. **S.N.B.A.**

975 — Cadre jumeau pour miniatures.

976 — Cinq fleurs.

Brisset (Ernest), avenue Jules-Janin., 12.

977 — Eventail. **S.N.B.A.**

Bunoust (Madeleine), rue Denis-Poisson, 14.

978 — Tapisserie. **S.N.B.A.**

Capon (Eugène-Louis), rue du Ranelagh, 67.
S.N.B.A.

979 — Casque d'honneur pour général.
(Collaborateur Georges CAPON).

Carabin (François-Rupert), rue Turgot, 22.
S.N.B.A.

980 — Figure décorative en bois. *Légende Savernaise.* (Surprise par l'Angelus au retour du Sabat, tant qu'une congénère plus heureuse ne la délivre, elle reste immobile, nue, les cheveux sur la figure exposée aux regards des passants).

Cazin (Mme Berthe), rue Alboni, 1. **S.N.B.A.**

981 — Vase, feuillage de Frène.

Chadel (Jules-Louis), rue Mayet, 24.

982 — Pieta ; — *dessin.* **S.N.B.A.**

Couty (Edme), décédé; — pour la correspondance (Mme Couty), à Sèvres. **S.N.B.A.**

983 — Fleur des bois.

Delaherche (Auguste), à Armentières, par la Chapelle-aux-Pots (Oise). **S.N.B.A.**

984 — Sous vitrine : vases et coupe ; — *grès grand feu.*

Dubret (Henri), rue Hauteville, 1. **S.A.F.**

985 — Bijoux et objets d'art en matière précieuse.

Dufrène (Maurice-Elysée), rue Bayard, 22. **S.N.B.A.**

986 — Coiffeuse avec siège ; — *marqueterie.*

Echivard (Maxime), **S.N.B.A.**
mort au Champ d'honneur.
Pour la correspondance : M. A. Echivard, au Mans.

987 — La Colonnade de Versailles.

Félicie (Mlle Marguerite de), villa des Ternes, avenue des Ternes, 96. **S.N.B.A.**

988 — Un fauteuil ; — *cuir décoré.*

Feuillâtre (feu Eugène), rue Villedo, 3. (Mort pour la France). **S.A.F.**

989 — Émaux translucides et cloisonnés.

Feuillâtre (Charles-Eugène), rue Villedo, 3.

990 — Verreries émaillées. **S.A.F.**

Gaillard (Eugène), rue Saint-André-des-Arts, 52. **S.N.B.A.**

991 — Petit fauteuil de salon en acajou.
(Le tissu de garniture est de M. L. BAEYENS).

Gandais (Henri), Grande-Rue, 34, Montrouge.

992 — Cache-Pot. **S.N.B.A.**

Gaumer (Martha), rue de Fleurus. **S.N.B.A.**

993 — Un cadre ; *parchemins et papiers pour reliure.*

Germain (Louise-Denise), rue Séguier, 14.

994 — Reliure « Fioretti ». **S.N.B.A.**

Goupil (Marcel), rue Charlot, 10. **S.N.B.A.**

995 — Sous vitrine : vases, coupes et bonbonnière ; — *cristal, décor émail,* exécutées par les cristalleries de Baccarat.

Grasset (Eugène), décédé. **S.N.B.A.**

996 — Les quatre Saisons ; — *paravent.*

Hairon (Charles), avenue du parc Montsouris, 28.

997 — Vase terre cuite pour jardin.
(Appartient à la Ville de Paris.)

Hellé (André), rue Blanche, 72. **S.N.B.A.**

998 — Décoration pour une galerie d'enfants ; — *fragments.*

Heureux (Mlle Andrée d'), avenue de Wagram, 24. **S.N.B.A.**

999 — Carpette ; — *point noué.*

Hirtz (Lucien), rue de l'Yvette, 42.

1000 — Vase cuivre incrusté. **S.N.B.A**

Laugier (Léon), rue des Fossés-Saint-Jacques, 3.

1001 — Souvenirs de guerre. **S.N.B.A.**

Laumonnerie (Théophile-Hippolyte), rue Laugier, 78. **S.A.F.**

1002 — Un cadre vitrail.

Lelièvre (Eugène-Alfred), rue Debelleyme, 12. **S.A.F.**

1003 — Épée d'honneur offerte aux généraux français et alliés; — *bronze doré, lame acier damasquiné.*

(Appartient au Ministère de la Guerre.)

Le Meilleur (Mme Marie), boulevard Berthier, 31. **S.N.B.A.**

1004 — Panneau-frise.

Lenoble (Emile), rue Chevreuil, 35, à Choisy-le-Roi. **S.N.B.A.**

1005 — Sous vitrine, grand vase; — *grès bleu, décor gravé.*

Leroy-Derrivières (Mme Gabrielle), Faubourg Saint-Honoré, 235. **S.N.B.A.**

1006 — Reliure (Eugénie Grandet).

Lierres (Étienne de), avenue de Versailles, 95. **S.N.B.A.**

1007 — Papiers de garde au pochoir exécutés par l'atelier de mutilés « Patria ».

Maillaud (Mme Fernande), rue de l'Estrapade, 3.

1008 — Maternité; — *tapisserie.* **S.N.B.A.**

Mangeant (Paul-Émile), à Versaille, avenue de Paris, 104. **S.N.B.A.**

1009 — Broche argent, nacre, ivoire, palissandre.

Marioton (Claudius), rue Riblette, 23. **S.A.F.**

1010 — « Patrie », coupe papier; — *bronze ciselé.*

(Édité par M. FUMIÈRES.)

Matisse (Auguste), rue Cassini, 3. **S.A.F.**

1011 — Vitraux. Fragments faisant partie de la décoration d'une maison appartenant à M. S..., Ile de Bréhat (Côtes-du-Nord).

Mauger-Foucart (Mme Andrée), à Rouen, rue Ricarville, 10. **S.N.B.A.**

1012 — Reliure, cuir giselé et teint,

Monod-Herzen, rue Antoine-Chantin, 12. **S.N.B.A.**

1013 — Coupe en métal battu, repoussé et ciselé.

Morice (Mlle Charlotte), rue Falguière, 45.

1014 — Coussin; — *broderie*. **S.N.B.A.**

Ory-Robin (Mme Blanche), à Fontenay-aux-Roses, route de Bièvres, 32. **S.N.B.A.**

1015 — Faune sous la vigne.

Plainemaison (Mlle Jane), à Neuilly-sur-Seine, rue Charles Laffite, 67. **S.A.F.**

1016 — Coussin et tapis brodés en raphia.

Préaubert (Louis), rue du Calvaire, Nantes. **S.N.B.A.**

1017 — Entrée de la Loire; — *panneau décoratif*.

Quénioux (Maurice), rue de Vaugirard, 109.

1018 — Brocatelle. **S.N.B.A.**

Rivaud (André-Adolphe), rue Truffaut, 20. **S.N.B.A.**

1019 — Médaille Croix de guerre et du Mérite. *Gravée au front de Macédoine.* Pour le Gouvernement Hellénique, d'après les croquis de L. SÜE.

Rivaud (Charles), rue Truffaut, 20.

1020 — Vitrine de Bijoux. **S.N.B.A.**

Rosot (Henri), rue de l'Union, Redon (Ille-et-Vilaine). **S.N.B.A.**

1021 — Notre-Dame de Gornévec (en Plumergat, Morbihan).

(*Triptyque.* Avers : Façade nord et le calvaire. — Le portail géminé. — Intérieur : Vitrail ruiné. — Revers : Piéta, Ste Marguerite, statues anciennes. — Evangélistes. — Crucifixion. — Sainte en prière. — Anciennes peintures à gauche de la nef.)

Rumèbe (Fernand), rue Jouffroy, 90. **S.A.F.**

1022 — Une vitrine contenant des grès et des porcelaines de grand feu.

Schrœder (Germaine), rue Bonaparte, 7. **S.N.B.A.**

1023 — Une vitrine contenant une reliure.

Vallombreuse (Henry de), rue Jouffroy.

1024 — Grès flammé. **S.N.B.A.**

....

TABLE DES MATIÈRES

Paris. — Imprimerie Veuves JOURDAN, 36-38, rue de la Goutte-d'Or.

UN AIR
EMBAUMÉ
RIGAUD
PARFUMEUR
PARIS

RED. :

15

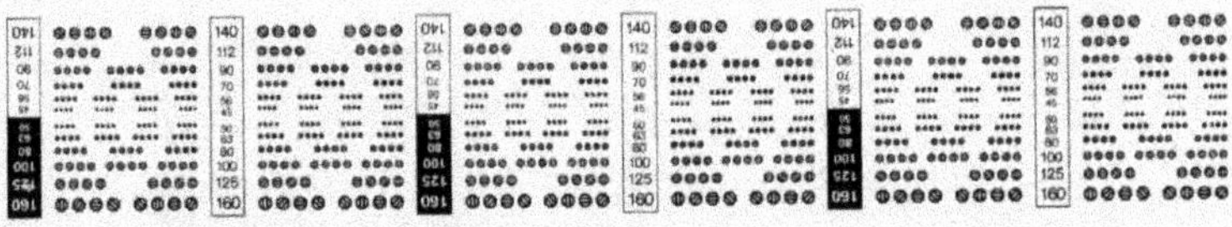

MIRE ISO N° 1
NF Z 43-007
AFNOR
Cedex 7 - 92080 PARIS-LA-DÉFENSE

379.89.70
graphicom

0 1 2 3 4 5 6 7 8 9 10

www.ingramcontent.com/pod-product-compliance
Ingram Content Group UK Ltd.
Pitfield, Milton Keynes, MK11 3LW, UK
UKHW021544260726
13993UKWH00002B/631

9 782329 237282